GOBOOKS
& SITAK
GROUP©

GOBOOKS
& SITAK
GROUP©

三日月書版

三日月書版

死而復生
三日月書版
輕世代
FW232

Re:
REVIVAL

Contents

陳霖
age:23
黑髮棕眸，面貌普通。
性格溫順，能夠很快適應環境。
突然來到幽靈世界的他異常順從著一切，
在服從的表面下，
卻醞釀著反叛的岩漿。
の淵から甦る

唐恪辛
age:?
黑髮黑眸，容貌英俊，眼角微微上挑。
在地下世界排位很高，
實力強大，被其他人所畏懼。
與外在冷酷形象不同，是個矛盾的人，
可以表現出文質彬彬的假象。
在遇到陳霖之前，
只是為了活著而活著的行屍走肉。

盧凱文
深棕色髮色和同色眼睛，身高175，
有雀斑，招風耳。
容易信賴別人也容易被人信賴，
有時即便故意裝作生氣，
別人也不會害怕。
偶爾也會有憂鬱的一面。
の淵から蘇る

阿爾法
金髮藍眸，身高183。
笑起來給人危險的感覺，
看起來是不易相處的性格。

Chapter 1

來自暗處的危險

大雨過後，人行道的石板變得有些濕滑。

行人走過時，都要小心翼翼地以防止摔倒，即使這樣，還是偶爾會有人不小心摔跤。

在這種情況下，竟然有個戴著鴨舌帽的年輕人一直低頭玩著手機走路。他的面容隱藏在帽檐的陰影下，手指飛快地在手機螢幕上滑動，眼睛閃爍著興奮的神采，渾然忘我地沉浸在虛擬世界之中。

路人見狀嘖嘖搖頭，等著看這個大意的年輕人摔倒。

「我也很感興趣。」

年輕人在與某人發送訊息，手指按個不停。

「不過我更想知道，那天有誰去了？」

貓尾巴：「很多人，畢竟是一個大業務。」

年輕人手指飛速按鍵。「我問的是對方！」

貓尾巴回覆：「七號去了。」

年輕人的腳步一頓，隨即，察覺到某種隱祕的趣味般掀起嘴角。

正在此時，因為他的突然停步，後面推著嬰兒車散步的一家人猝不及防，嬰兒車順著慣性往前衝，眼看就要撞上去——

目睹這一情景的路人們忍不住驚呼，然而還在回覆簡訊的鴨舌帽年輕人，只是左腳一個輕盈的錯步，俐落地避免了撞擊，並穩穩扶住了嬰兒車，還不忘抽出空擋對這位年輕母親提醒道：「走路請小心些哦，女士。」

「啊，啊！謝……」愣住的媽媽正要道謝，卻見這位鴨舌帽年輕人又埋頭走遠了。

「我想知道更多關於七號的情報。」

手機上的交流還在繼續，年輕人看見一條回覆。

貓尾巴：**「到店裡來，全都告訴你。」**

愉悅地勾起唇角，收回手機。鴨舌帽年輕人突然有了動力，身手敏捷地從人行道上的行人間穿梭而過，不過片刻，就不見蹤影。

直到那個身影消失在視線中，旁觀的路人們還是沒有回過神來。

叮鈴。

掛在門上的鈴鐺因晃動而發出聲音，吧檯前的調酒師抬起頭，看著這家隱祕酒吧的唯一一位客人。

「我來了。」像是討食的貓般，來客一個健步竄到吧檯前，睜著眼睛看著調酒師，彷彿在說：告訴我吧，告訴我吧，把所有的祕密都告訴我！

調酒師先不去理會這位興致高漲的客人，而是轉過身，從酒架上拿了幾瓶酒。

「在開始討論之前，先把你的帽子摘掉。」

搖晃著的液體在透明酒杯中呈現出迷幻般的色彩，調酒師沉聲說：「關於幽靈們的事情，我們需要細細商量。」

「我有耐心。」

摘下鴨舌帽，齊肩的細長黑髮散落在肩頭。有著俊逸容貌的年輕人嘴角輕掀，低聲道：「在徹底打敗對手之前，我總是很有耐心。」

「是嗎？」調酒師不置可否，器皿相互碰撞發出的悅耳聲音，在昏暗的吧檯上傳開。

與此同時，地下某處不見天日的祕密空間內。

「呼——喝！」

陳霖高喝一聲向對方衝去，攻擊他認為可以得手的部位。

然而下一秒，他卻被用力甩在地上，巨大的衝擊力讓人好半天都有些暈眩。

唐恪辛壓制著他的雙肩，在他身後輕聲吐氣。

「不自量力。」

隨後，他鬆開陳霖的手，看著對方揉著手腕坐起來。「這次的攻擊太過莽撞，一點都不像你。」

陳霖的性格適合謀定而後動，但是他的攻擊方式卻是偏向激烈衝動的風格，這讓唐恪辛有點意外。

陳霖揉著痠痛的手臂，回道：「我只是想要抓緊一切可以利用的時機而已，不然要打敗你實在太難。」

唐恪辛冷哼道：「你本來就沒有希望打敗我，你的實力……」

「是是是，我知道我的實力在你們眼裡不堪一擊。不過正是因為弱小，我才更應該抓住一切時機，不是嗎？」陳霖道，「最起碼這樣，我還能有千分之一的獲勝機會，否則，連一絲機會都沒有。」

陳霖的戰鬥風格，是屬於寧可放棄防守也要盡全力攻擊的不要命打法。雖然這種風格在唐恪辛看來有些愚蠢，不過，對於處於弱勢的陳霖來說，未必不是最適合的打法。

在交戰的生死一刻，面對不要命攻擊的傢伙，實力高者有時也會被逼得出錯，而那時就是陳霖反敗為勝的機會。

這麼一想，這傢伙的戰鬥風格也未必毫無可取之處，或許掩藏在表面的粗陋下，是一種老謀深算。唐恪辛這麼想著，看向陳霖的眼神起了變化。

「我收回前言。你或許還弱小，但絕對是個可怕的傢伙。」

「呵呵。」陳霖笑著接受讚美，「彼此彼此。」

今天的練習時間到此結束，雖然陳霖依舊是處於被唐恪辛蹂躪的地位，不過與一般人比起來，他現在也算是擁有以一打五的實力了。當然那五個，都只能按普通人來算。

「回來也有兩天了，那邊沒有聯繫你？」唐恪辛邊脫下練習用的背心邊問。

「沒有，不過我想也快了。」

陳霖看著背對著自己的唐恪辛，他舉手脫衣服時，背部突起兩塊健碩又漂亮的背肌，不由得感嘆這傢伙的身材既不瘦弱，也不會顯得肌肉虯結，纖長有力的肌肉，每一分都有獨自屬於力量的美感。

擁有這份力與美的唐恪辛，在黑暗中揮舞他死神的長刀時，該是如何地驚心動魄？

陳霖有些欣羨，什麼時候自己也能像這樣厲害呢？

正在換衣服的唐恪辛突然回頭，面無表情地看向陳霖。

「不要一直盯著。」他下意識地摩挲右手，似乎有些克制不住戰鬥本能。

「抱歉。」陳霖立刻收回視線，不再挑戰唐恪辛的耐心。

等他們倆都換下因練習而濕透的衣服時，敲門聲恰在此時響起。陳霖看了眼正在研究功能表的室友，自覺地去開門。

「呦，好久不見。」

門外，老么笑嘻嘻地打招呼。

「給你帶了一個好消息。」他說，然後看了眼屋內。「不請我進去坐坐？」

「嗯，那個……」陳霖正想該怎麼說。

「我們現在很忙，沒有時間。」

唐恪辛不知何時走了出來，身上繫著圍裙，晃了晃手裡菜刀，閃過一道厲芒。

「有話就在外面說吧。」

陳霖汗顏地看著他，不知道為什麼，唐恪辛對老么很沒有好感，更是向來不掩飾自己的態度。

老么無奈，但也只能妥協。

「上次出任務的報告書交上去後，批覆已經下來了。」他說，「對於我們發現的情報和線索，上面表示很滿意，並且批准了陳霖的拾屍者訓練合格。也就是說從現在開始，陳霖，你是一名正式的職業者了。」

老么笑道：「恭喜，雖然還只是最低階的職業，不過聊勝於無嘛。」

「多謝。」對於他的挖苦，陳霖適時地視而不見。

「不要以為合格以後就萬事大吉了。」老么提醒他道：「你以後要學的還多——」

砰！

大門在老么面前狠狠地關上，差點撞上他的鼻子。

屋外，老么無言地對著冰冷的門扉。

屋內，唐恪辛拍了拍手，沒耐心道：「囉嗦的傢伙。」

陳霖哭笑不得，「不至於這樣吧，我還沒聽完他接下來要說的話，還有職業者有什麼注意事項。」

「我可以告訴你，不用理那個傢伙。」唐恪辛轉身，走向專屬於他的空間——廚房領域。

「現在是晚飯時間，我不希望有人打擾。」

陳霖無可奈何，只能挑了張椅子坐著，一邊等待唐恪辛做飯，一邊聽他將正式職業的注意事項緩緩道來。

自從上回從孤島執行任務回來以後，一切似乎都風平浪靜，事情正在向著好的一面轉變。

然而，危險，總是在不知不覺間逼近。

「雖然失敗了，但也是一次不錯的經驗。」地表，年輕客人剛剛結束了和調酒師的談話。

「最起碼，讓我們知道了幽靈們的行動規律。」

「這只是一次試探。」調酒師說，「等以後正式交手，還有更多需要注意的事。」

「是是，我會注意的，會的。」

年輕人站起身，重新戴上那頂普通的鴨舌帽。他一邊離開這間祕密的酒吧，一邊揮手道：「下次有消息再通知我。」

踏著離去的步伐，他的心情卻是一片雀躍。

迫不及待、迫不及待地想要知道更多關於那些幽靈的消息。

如果把他們抓來，在陽光下狠狠地折磨，該是何等快樂的一件事啊。

Chapter2

日出日落

地底雖然沒有日升日落，但是仍舊保持和地表一樣的作息時間。此時，已經是新的一天。

新的一天，意味著新的工作，和新的挑戰。

陳霖睜著眼從床上爬起來時，對面的床鋪已經收拾整齊了。唐恪辛又不在。

從開始接受拾屍者訓練，又接了外出的任務以來，陳霖有好幾天沒有睡過一個好覺。昨晚難得一夜好眠，結果就是今天起晚了。大概是睡得太久的緣故，他的大腦到現在還是有些昏沉。

陳霖從床上伸出腳準備找鞋子穿，右腳剛剛放下，就覺得踩到了什麼硬硬的東西。

剛起床，神智還有幾分不清楚的陳霖又用腳踩著去探了探。硬硬的，有著弧度，並且觸感十分粗糙。

究竟是什麼東西？

他下意識地用力踩了一下，卻腳下一滑，整個人失重，一下子從床上滑了下來。陳霖保持著一個滑稽的姿勢滑出老遠，直到快撞上唐恪辛的魚缸時才雙手撐住桌子，將將停了下來。

這一下，陳霖總算徹底清醒了！不僅醒了，還出了一身冷汗。小心翼翼地扶住眼前的魚缸，確認它沒有哪裡被自己碰壞後，陳霖鬆了一口氣。

這可是唐恪辛十分寶貝的東西，要是魚缸被自己不小心撞壞，那後果簡直不敢想像。

想到這裡，他又回頭去看看那個害自己摔了一跤的究竟是何方神聖。

只見在床下，一隻肚皮朝上的烏龜正賣力伸著四肢，想要把自己翻過來。不過牠短小的四肢根本做不到這點，只是愚蠢地在空中做著狗爬式。

陳霖走過去，穿上鞋，低頭，用複雜的眼神看著還在做空中游泳姿勢的烏龜。半晌，在那隻烏龜幾近精疲力盡後，他才好心地伸出一根手指把牠翻了過來。得救的烏龜頓了頓，很快恢復正常，以牠特有的慢悠悠速度在整個房間裡繼續散步。

看著這隻完全沉浸在自我世界中的烏龜，陳霖突然好想感嘆一聲：果然寵物和主人都是一個德行。

他今天竟然差點栽在一隻烏龜手裡，果然是日子過得太舒適了，整個人都鬆懈下來了嗎？這樣下去可不行。

陳霖穿戴整齊，準備出門找些事做，改善自己的狀態。

——地下世界的規則之一，要時刻保持警戒。

出門左拐，然後沿著一條長長的走道直走到底，就是這一層的任務大廳。今天似乎格外熱鬧，一大早就有許多幽靈聚在這裡，他們並不相互交談，只是抬著頭，看著大廳中央高高懸掛的顯示螢幕，專注又沉默，就像是一群虔誠的信徒。

陳霖來到大廳時，看到的就是這幅場景。近百個幽靈聚集在一起，卻安靜得可怕，簡直就是最佳恐怖場景。在這些幽靈裡面，他還看到了老劉。

一陣子沒見，老劉還是那副邋遢的外貌，不過今天的他看起來有點不一樣。陳霖說不上來，只覺得那個認真地盯著顯示螢幕的老劉，和平時總是故意和他作對的那個傢伙，簡直就像是兩個人。

突然幽靈中掀起一股小小的騷動，陳霖也看向螢幕，上面顯示出了一整面的字。

以下ＩＤ將參與本次行動：

U-B109，U-C098，U-C175，U-B102……

陳霖瞪大眼睛，看見螢幕上顯示的所有ＩＤ全部都是Ｃ級以上，且排名在等級前兩百的幽靈，長長一串，竟然有好幾十個ＩＤ。在這份名單的最後，陳霖看到了一個更醒目的ＩＤ。

——U-A004。

一個Ａ級幽靈，一個排名比唐恪辛還要高的Ａ級幽靈！

陳霖驚訝，這麼大規模的人員調動，聚集這麼多高級幽靈，這次的行動究竟是什麼？然而無論他看了多少遍顯示螢幕，幾乎都要看穿了，看到的都只有名單，並沒有其他資訊。看來除了行動的參與人員，沒有其他幽靈可以得知內部消息。

這個時候，ＩＤ出現在名單上的幽靈們都拿著自己的卡，上前接下這項任務了，其他幽靈則默默散去。

看著大廳排著長隊接任務的幽靈，陳霖也準備先行離開。

正在此時，他在排隊的幽靈中看到了一張熟悉的面孔，老劉。老劉竟然也是出任務的其中一員！

那個總是笑呵呵地隱藏自己的老劉，那個衣衫不整看起來一點氣勢都沒有的老劉，那個總是故意挑釁他並使絆子的老劉，竟然是排名等級前兩百內的幽靈！

陳霖先是驚訝，隨後又為自己的驚訝而感到羞恥。為什麼他認為老劉不該是這麼高等級的幽靈？僅僅是因為他粗鄙的行為、不起眼的外貌？還是因為在心底，他壓根就瞧不起這位對自己有敵意的幽靈，並下意識地拒絕認清對方的真實實力？

無論如何，這種輕視心理都會給他帶來很大的麻煩，他不知道自己什麼時候也變得自傲起來了。

最後看了排隊的幽靈們一眼，陳霖頭也不回地離開了大廳。

地下世界規則之一：永遠不要輕視你的對手。

一大早接連受了兩次打擊，陳霖對自己有些小小失望。他最近似乎自滿起來了。沉浸在失落中，心神又被那個神祕的大型行動吸引了，陳霖一路魂不守舍地回到房間。

讓他意外的是，就這麼一會外出的時間，唐恪辛竟然回來了。

屋內飄出一陣香味，唐主廚顯然又在研究他的食譜。

聽見開門聲，唐恪辛看也不看地問：「上次你說的湯的配料……」

他回頭，看見陳霖此時的表情，微微皺了皺眉。

「配料是先放鹽，還是先放其他調味料？」他又問了一遍。

「鹽。」

陳霖沒甚興致地回答。

唐恪辛倒了鹽進鍋裡，目光專注地盯著正在沸騰的湯鍋，神情比他揮刀砍下敵人腦袋時還要集中。對於唐恪辛來說，做菜不僅是興趣，也是一項必備技能。作為一個優秀的殺手，他不允許自己在任何方面落於人後——哪怕是廚藝。

陳霖不僅是他的同居室友，也是他檢驗自己廚藝的重要一環。因此，對於陳霖今天敷衍的態度，唐恪辛稍微有些不滿。

不過還在狀況外的陳霖，現在絲毫沒察覺到這份危險。

「今天想吃什麼？」唐恪辛不動聲色地問。

「隨便。」

「川味，還是清淡一點的？」

「都可以。」

「炒菜？」

發覺今天唐恪辛的話特別多，陳霖忍不住抬頭回道：「其實我不是很有胃口。」

咄！

一道銳利的刀光從陳霖眼前閃過。刀柄擦著他的髮絲，牢牢地插在後方木桌上，而刀尖上正釘著一隻蒼蠅。刀尖沒入桌面半寸，那隻可憐的蒼蠅被精準地一分為二，刀柄還因為甩刀時的餘力在微微地晃動著。

一切，都只在一瞬間發生。

唐恪辛走過來拔出刀，輕輕擦拭，看似漫不經心地問：

「不想吃？」

感受著唐恪辛身上的低氣壓，陳霖這才發現自己似乎觸到了這位的逆鱗。做菜中的唐恪辛和殺人中的唐恪辛，都是絕對不能違逆的存在。

「我突然覺得很餓。」陳霖站起身，「去沖個澡，再出來吃飯。」

地下世界規則之一：千萬不要挑戰強者的威嚴——哪怕是在吃飯的時候。

花了幾分鐘時間，陳霖總算在冷水的刺激下恢復正常。看著鏡子中的自己，他伸手撩起了一邊的瀏海。

很久沒有理髮，瀏海長度已經超過眼睛了，陳霖看著鏡中的這個傢伙，覺得簡直就像是另外一個人。

不再是一個月前齊整規矩的髮型，不再穿著一身廉價的西裝，不再總是一臉無所謂的表情。

因為長時期缺乏日曬，膚色有些不正常的蒼白。半掩在瀏海下的雙眸，帶著野獸一樣的凌厲眸光。微濕的黑髮緊貼在臉頰上，顯出幾分異樣的誘惑。

若是現在有人說這是個邪惡的吸血鬼，或許也會有不少人贊同。然而不能見人的幽靈，和吸血鬼又有什麼區別呢？

陳霖自嘲，捧起一把水澆在自己臉上，不再看著鏡中的那個自己。

他總覺得自己最近不太對勁，變得容易暴躁，容易被煽動。他心裡隱隱覺得，之所以如此，和這個地下世界不無關係。

一分鐘後，陳霖出現在餐桌上，他的表現足夠讓唐恪辛滿意。其間，陳霖雖然也想問唐恪辛知不知道關於這次大行動的消息，不過猶豫了幾次，還是沒有開口。

他覺得自己似乎有些太過依賴唐恪辛，幾乎什麼事情都與他商議，這可不是好現象。

不過即便沒有出口詢問，兩天後，陳霖依舊如願獲得了有關祕密行動的消息。

此次前去執行任務的一批精英分子竟然鎩羽而歸，而作為這次行動的領隊，U-A004 更是在與敵人的交手中失去了蹤跡，下落不明。

這個消息，迅速在地下世界掀起軒然大波。

地下世界規則之一：你永遠不知道下一秒會發生什麼。

Chapter 3

幽靈襲來

緊張的氣氛就像草堆，轉眼間就被烈火點燃。

自從消息傳來有多久了呢？

在忙成一團亂的氣氛中，陳霖幾乎都模糊了時間。現在究竟是早上，中午，還是下午？地下世界沒有白天黑夜之分，只能靠時鐘來分辨時間。

不過陳霖忙得連看時鐘的工夫都沒有了。

事實上，整個地下世界都處於一片忙亂中。

從地表退回來的第一批幽靈需要治療，帶回來的諸多資訊也需要整理。尤其是上面並不打算因為這次意外就放棄行動，第二批的行動分隊正在組建。

這一切的重中之重，就是調查 U-A004 的蹤跡。是死是活，總要有個說法。

不過，以上事情都和陳霖沒關係，他之所以變得忙碌，主要是因為唐恪辛。

這幾天，唐恪辛忙得就像是陀螺一樣不停地轉著。有時候外出久久不歸，有時候一個小時內出入七八次。作為地下世界權力頂層的一分子，唐恪辛要處理的事情比一般幽靈更多。

而陳霖，這幾天就負責在他身邊幫忙收拾善後。

唐恪辛的烏龜和金魚他要負責餵食，唐恪辛每次從外面帶回來一大堆亂七八糟的物品，他要負責整理。尤其是這幾天唐恪辛沒有時間下廚，兩個幽靈的每日三餐都交由陳霖負責。

除此之外，他還要抽出時間去外面探查情報，保持最新的諮詢交流。說起來，自從上次結束老么的訓練後，他就沒有再這麼忙碌過。

然後，所有的忙碌都在一天終止。

地下世界決定派出第二批分隊完成這次行動，而且這次還要將失蹤的U-A004帶回。

唐恪辛轉告陳霖這個消息時，陳霖都可以想像得到上面對任務的重視程度。無論犧牲多少幽靈都一定要完成，這行動究竟有什麼來頭？

而且這一次，他們更要面對一個隱藏在暗處的恐怖敵人，更增添了一層難度。

「這次你也要去嗎？」陳霖問。

唐恪辛點了點頭。

「A級是由你帶隊？」

唐恪辛點了點頭，又搖了搖頭。

「不止我。」唐恪辛皺眉，「還有另一個傢伙，這次行動是我們一起負責。」

竟然同時派出兩名A級高排名的幽靈！

陳霖有一瞬間想要探聽另一位A級幽靈是誰，不過他看唐恪辛滿臉疲憊，還是止住了詢問。反正，行動名單總會公布，何必急於一時。

下午，各層的任務大廳開始公布參與行動的ＩＤ。

U-A002，這就是與唐恪辛共同行動的A級幽靈。

竟然是排名第二位！陳霖十分驚訝，不過，隨著他仔細查看名單，更大的驚訝將他淹沒了。

他看到了一個熟悉的ＩＤ——U-D102，這正是他現在的排名。他這麼低的排名，竟然也能參與行動？

接著，陳霖看到了更多和自己一樣低等級的ＩＤ，隨即釋然了。低級幽靈全都被分配進後勤輔助組，不參與第一線活動，只負責為主力人員提供幫助和調查情報。

仔細算起來，包括主力行動組和後勤組在內，竟然一共有近百名幽靈，這是陳霖到地下世界以來參與最浩大的一次行動。

不過這麼多幽靈同時前往地表，該怎麼安排才會不引人注意呢？

這不是陳霖應該思考的問題，可他就是忍不住向這方面想。

「隊長！」

肩上挨了一記重擊，隨即是一個笑嘻嘻的聲音。

「怎麼每次見到你，你都在發呆呢？」

聽到這個熟悉的聲音，陳霖轉頭望去，果然是有一陣子沒見的許佳。

她的臉色比前陣子憔悴了許多，不過卻更有精神了，應該是結束培訓了吧。

「對了，隊長，你知道這次的行動嗎？真是大規模的出動啊，竟然連我這個結束訓練的都進了替補組。」許佳嘖嘖感嘆。

「替補組？」陳霖好奇。

「是啊，應該說是替補中的替補。這次行動的主力裡有幾個替身，而我們這些完成替身職業培訓的，都是那些主力的候補。當他們出了意外或有狀況時，就輪到我們上了。」許佳說著，指了指自己的臉，笑道，「畢竟魚目混珠，就是我們替身者最擅長的嘛。」

替身，行動裡竟然也需要這個職業嗎？

陳霖對這次行動的目的更感好奇了。

「隊長這次也參加行動嗎？」

「算是，但是大概不會派上什麼用場。」陳霖道。

這麼多幽靈參加，他一個等級不高的新人，能發揮什麼作用呢？陳霖對此並不抱樂觀態度，不過同樣的，如果真有機會落到他眼前，他也不打算錯過。

「一起加油吧，隊長！」

看著活力無比的許佳，陳霖沉默著點了點頭。

下午發布名單，竟然晚上就要準備出發，陳霖回房間收拾東西時，唐恪辛已經不在了。作為這次的領隊，他應該早早離開了吧。

等乘坐電梯抵達集合地點，陳霖果然在現場一大群黑壓壓的幽靈中看見了唐恪辛的影子，在他旁邊，還站著另一個身影。

出乎意料的，那傢伙竟然笑著和唐恪辛說話，雖然唐恪辛本身沒什麼反應，但是能以這樣的態度對待那位廚房大魔王，果然不是一般人。

陳霖幾乎是第一時間就猜出了那個幽靈的身分，C-A002，地下世界食物鏈頂端的第二位。

雖然大廳裡幽靈很多，有些擁擠，但002和唐恪辛身邊仍然空出了不小的空間，似乎沒有誰願意接近這兩個高等級的幽靈，一種隱隱的敬畏藏匿在周圍的空氣中。

「後勤組的，過來我這邊集合！」一個高瘦的幽靈大喊。

大約有一百多個幽靈慢慢彙聚到他身邊，陳霖也在其中。

「和周圍的隨便九個傢伙組成十人的幽靈小隊，每支隊伍都來我這登記！記住，你們的任務是盡量不要拖我們的後腿！其他的事情不需要你們多操心，明白嗎？」

在幾乎是被訓斥一頓後，後勤組的幽靈們總算是組成了十幾支有序的隊伍。

負責管理的高瘦幽靈見狀，便向唐恪辛他們走去。在與他們兩個說話時，他幾乎是屈膝諂媚，一副唯唯諾諾的模樣，完全看不出和剛才頤指氣使的傢伙是同個人。

「哎呀，真是看不下去。」旁邊有人忍不住嘟囔了一句。

側頭看去，只見一個二十出頭的年輕男性，正不屑地看著唐格辛那邊。

陳霖覺得有趣，他很少在地下世界見到這麼鮮明地表露自己情感的幽靈。

「你盯著我幹什麼，怎麼，想打小報告？」注意到陳霖的視線，年輕的男性幽靈回頭瞪了他一眼。

「沒有。」陳霖微笑著搖了搖頭，「我只是很贊同你。」

「你很贊同？」這傢伙一副喜出望外的模樣，「這還是我到這個鬼地方這麼久，第一次遇到和我意見相同的人，其他人不是根本不理我，就是一句話擠不出半個字！我叫盧凱文，你叫什麼名字？」

「陳霖。」

「陳霖！從今以後你就是我的朋友！」盧凱文緊緊抓著陳霖的手，用力晃了好幾下。

他們的動靜不小，卻沒怎麼引起關注。因為幽靈正如盧凱文所說，缺乏對周圍事物的興趣，像盧凱文這樣熱情的性格，絕對是地下世界的少數。

陳霖心裡忍笑，不過對他的熱情並不反感。盧凱文更加像是活人，他不介意和這樣的人成為朋友。

「嗯？小辛，你在看什麼？」背靠在牆壁上，A002見身邊同伴的視線向幽靈群中轉移，不由得也跟著看了過去。

不過除了一大堆弱得不堪一擊的垃圾外，他什麼都沒看見。

「沒什麼。」唐恪辛收回視線，「和你無關。」

「你這麼說真是太傷我的心了，我們好歹共事了不短的時間，你怎麼還對我這麼冷漠呢？小辛。」002裝作一臉哀愁，帥氣的臉龐憑添一分憂鬱。一對足以魅惑小姑娘的桃花眼水汪汪的，好不可憐。

唐恪辛只是瞥了他一眼，不為所動。

「準備出發。」

說完已經先行一步。

「還有，下次再叫我小辛，就把你那雙老是抽搐的眼睛戳瞎。」

「這不是抽搐，是拋媚眼好不好！」002看著唐恪辛走遠的背影，嘆了口氣。

「真不知道誰才是上位排名，這傢伙，脾氣真不小。」

地下的大批幽靈默默浮上地表。

而等待他們的，會是什麼呢？

Chapter4

微笑的照片

劉莞宜打開門，對門的女人也正好出來倒垃圾。

她點頭打了個招呼。

「馮阿姨，早。」

「早啊。」

緊束著髮髻的中年女人抬首，不太自然地勾了勾嘴角。

「小莞要去上學啊？」

「嗯。」

兩人一起下樓，中年女人提著兩袋塑膠袋的垃圾，頗有些吃力地走著樓梯。

「馮阿姨，我幫妳吧。」

劉莞宜伸手，接過中年女人手中的一個袋子。

女人道了聲謝，兩人走到樓下，一路上誰都沒有再說話。

在門口道別後，中年女人將垃圾袋放到指定地點，劉莞宜則是向社區大門口走去。

走到一半，她又回頭看了中年女人一眼。乾瘦的背影搖搖晃晃地上樓梯，走路都不太穩。

「哎，老馮家那口子，怎麼一大早還讓媳婦出來扔垃圾啊？」旁邊有晨練的大嬸們路過，聲音正好傳進劉苑宜耳中。

「就是啊，前幾天才找回來，不小心照顧著就算了，還又讓她做重活，小心什麼時候再離家出走一次！」

「要我說，老馮的媳婦啊，也不是個老實人。」

聽著這些閒言碎語，劉苑宜背著書包走到社區門口等校車，心裡卻想著剛才下樓時遇到的那個女人。

這個三十歲的女人是不久前嫁過來的，嫁給了劉家對面那個開火鍋店的鰥居男人。

平日夫妻倆就整天在火鍋店裡工作，不怎麼出現在鄰居眼前，自從出了上次那件事後，就更是如此了。

這個女人曾經失蹤過一個禮拜，不，或者說是離家出走更為妥當。

一個禮拜後，當警察將神志不清的她帶回來時，劉苑宜覺得，似乎有什麼不一樣了。

還是那個沉默寡言的女人，還是那個總被丈夫指使著做事的女人，但劉苑宜隱隱能察覺出，現在這個女人和一個禮拜之前相比，發生了很大的變化。

然而究竟是什麼變化，劉苑宜有說不出來，她只是覺得彆扭，像是不知不覺中，有不知名的惡靈，悄悄地替換了這個女人的內在。

不過，真的有人能做到這一點嗎？

瞞著所有人，騙過她的丈夫，將這個女人給替換掉？

校車來了，劉苑宜背著書包上車。隨著車子緩緩駛去，她也甩了甩頭，將腦子裡異想天開的想法遠遠拋開。

而社區的早晨，才剛剛開始。

「呼！」

扔完垃圾袋的女人回到房間，關上門的同時，她就變換掉那一臉陰沉的表情，而是大出了口氣。

「真是的，現在的小孩子都這麼敏感嗎？」

「怎麼，被發現了？」

屋內走出一個穿著睡衣的中年男人，啤酒肚，皮膚鬆弛，頂著一頭地中海禿頭。可是這個頹靡的中年男人，卻有著不符合他外表的凌厲眼神。

「沒，只是我總覺得被對面那家的小女孩察覺到了什麼，這幾天她老是盯著我看。」女人走到廁所鏡子前，一邊對著鏡子撫摸自己的臉龐，一邊道，「是我哪裡露了破綻？不對啊，變裝應該很完美才是。」

「不僅要外貌相似，連行為舉止也必須完全符合原主。」中年男人說著，眼神就變了，不再像剛才那麼犀利，而是充滿著世俗意味的貪婪和麻木，就像是一個真正四十多歲、在生活中掙扎的男人一樣。

他翹著腿，摸著圓滾滾的肚子坐到沙發上，像是發號施令的主人那樣道：「早飯呢？臭老太婆，肚子餓死了！快做早飯給我！」

他叩叩叩地敲著桌子，顯得很粗俗又無禮。

半秒後，男人收回腿，正經道：「最起碼得做到這種程度，才不會讓人懷疑。」說著，又道：「真不知道指揮組是怎麼想的，竟然把妳這個新人調過來。」

「你以為我想來嗎！」

女人從廁所走了出來，令人驚訝的是她竟然換了一副外貌，年輕又有朝氣，和剛才那個陰暗的中年女人完全不同。

許佳看著自己的搭檔，哼道：「要不是替身組人手不夠，也不會叫我這個新手過來吧。說起來，還不是你們自己本事不夠，才會連新人都要出動。」

「牙尖嘴利的傢伙。」男人瞥了她一眼。

許佳不理他，逕自走到一邊，掏出手機，好半天都沒有再說話。

見她許久不出聲，男人也覺得有些無趣。

「怎麼，又在和妳的那個『隊長』聯繫？」他嘲笑道：「妳一天到晚像個嬰兒一樣纏著對方，就不怕妳家『隊長』嫌棄妳？」

「你懂什麼，這叫做情報交流！」許佳白了他一眼，「反正在這裡待命也無事可做，我可不想像你一樣浪費時間。」

說著，她手裡的手機發送了一條訊息過去。

「隊長，到地表已經一個禮拜了，你那邊情況如何？我還是如往常一樣潛伏在住宅區，不知道是在監視還是待命。對了，我分配到的搭檔，是個囉嗦傲慢的傢伙，他……」

陳霖收到訊息的時候，正和其他人一樣，在祕密的大房間做著枯燥重複的檢查工作。他們要處理一堆又一堆從外面運進來的辦公垃圾，從中分析出有用的情報。

然而這工作還不是最慘的，最可憐的是被分配到處理生活垃圾和商業垃圾的幽靈，聽說他們那邊整日都瀰漫著一股惡臭。

看著一堆堆的報廢檔案，陳霖覺得想要從這裡面搜尋出有用的情報簡直是天方夜譚，不知道行動的籌劃者究竟是發什麼瘋，竟然要他們做這種工作。

不過說起來，這次行動是由唐恪辛領導，那個傢伙向來不太正常。

看完許佳發來的最新訊息，陳霖瞭解到她那邊也暫時沒有什麼進展。

這次行動的真面目仍在一團迷霧中，還沒有揭開面紗。儘管如此，他還是要求許佳每天都發來最新動態。

因為不知道什麼時候，這個行動會突然開始，與對方交火於剎那。

「喂，誰發的簡訊，女朋友？」一旁有幽靈湊近，擠眉弄眼道。

盧凱文，這傢伙自那以後就像是纏上了陳霖，不過也湊巧，他們每次分工都被分在一組，兩個幽靈已經有一段時間整天形影不離。

陳霖懶得回答他這個幼稚的問題。

盧凱文繼續在他身邊轉來轉去。

「不是女朋友，那是同居炮友囉？」

陳霖白了他一眼：「我的同居人是男的。」

「什麼，你的炮友是男的！」盧凱文的大嗓門，一下子將周圍所有幽靈的注意力都吸引了過來。

陳霖哭笑不得地捂住他的嘴，心中慶幸，還好幽靈們的好奇心都不旺盛，只是看了他一眼，又各自回去做自己的事情了。

看著還在嗚嗚呀呀掙扎的盧凱文，陳霖無奈道：「事情不是你想的那樣，只是很純粹的同居關係而已。」

盧凱文的眼睛睜得老大，陳霖幾乎可以從他眼裡看出他想表達的意思。

——都同居了，關係怎麼還可能純潔！

這小子……陳霖無力。

「那邊那兩個！」

突然一聲呵斥傳來，陳霖和盧凱文都顫了一下。

只見房間門口站著一個負責管理的幽靈，正看著他們。

「你們兩個，給我過來！就是現在，快點。」

陳霖鬆開了手，起身。

盧凱文跟在他身後，一邊走過去一邊低聲道：「慘了慘了，不會是開小差要被處罰吧……」

走到外面，管理的幽靈轉過身道：「現在有個任務得外出，其他人都有工作，既然你們兩個很閒，就交給你們了。」

陳霖心臟一跳。

「聽好了，這個任務不能出差錯，你們必須按照要求嚴格完成，當然，要是半路疏忽被對方發現破綻，也不會有誰去救你們。成功了就回來，失敗，就任由對方處置吧。」

幽靈丟了一疊照片過來。

「你們的任務，是接近這個人。」

照片上，都是同一個年輕人，他戴著破舊的鴨舌帽，只露出半張臉，那唯一露出來的眼睛裡，卻滿是肆意張揚。

而仔細看了照片後，陳霖心中驚訝更甚。這幾張照片都是偷拍的，但是照片中的男人卻總是有意無意地看著鏡頭。

隨手拿起一張照片，陳霖盯著裡面的鴨舌帽男人。

他嘴角的笑意那麼明顯，又那麼囂張，就像是一紙戰書。

是啊，我知道你們在偷拍。來吧，儘管來吧，我無所謂。

看著男人的笑容，就彷佛能猜出他笑容的涵義。

這是陳霖見過，第二個能帶給他顫慄感的人。

至於第一個？

當然是唐恪辛。

說起來，這個時間點唐恪辛正在幹什麼呢？陳霖的思緒有點飄遠。

他當然不會想到，這個時候的唐恪辛也剛好想起了他。

Chapter 5

光照進來

給你三個選項，在零下十度的夜晚，你會做些什麼？

一，窩在家裡不出去。

二，出門透透氣清醒清醒。

三，進行一些不為人知的祕密事情。

唐恪辛的選擇當然是三。夜色是最佳的迷彩，可以掩蓋所有蹤跡。除了要時不時提防那些大冷天還晚上出來透氣的傻瓜外，唐恪辛的行動可以說是一切順利。

所以說，大冷天的還是好好待在家吧，要是因為上街亂逛而碰到像唐恪辛這樣的傢伙，那下場就難以預料了。

「嘶──天氣還真夠冷啊。」

在唐恪辛旁邊搓著手的002道：「真羨慕那些傢伙，可以整天待在室內，不用出來執行這種任務。」

他說的是那些被變相拘禁，為前方行動組做支援的低級幽靈們。不過這話裡真心羨慕的意思沒有多少，嘲諷的意味卻很明顯。

唐恪辛皺眉，他想起了同樣身為後勤組一員參加行動的陳霖。他也和其他幽靈一樣，被迫待在狹窄陰暗的屋子裡埋頭做苦力嗎？

不知為什麼，一想起那個情景，唐恪辛心裡就一陣煩悶。但是作為這次行動的指揮者之一，他沒有閒暇分心顧及這些瑣事，眼前的任務才是最重要的。

「閉嘴。」他對002低喝道，「有人過來了。」

他們現在潛伏在近郊某座荒廢大樓的屋頂，監視著三百公尺外的一處工廠。今晚這裡將有一場祕密交易，而唐恪辛他們的任務則是阻止和破壞這次交易。

透過特製的望遠鏡，可以清晰地看見三百公尺遠的景象，哪怕是地上的一片紙屑也可以看得清清楚楚。唐恪辛和002潛伏在這裡已經有一個多小時了，目標人物終於出現。

望遠鏡內，一個中等身材的男人出現在工廠大門處，只有他一個人。他好整以暇地拿出鑰匙開鎖入內，身影隨即消失在廠房中不見蹤影。

「就是他？」002問，「你去還是我去？」

「只有五分鐘的時間。」唐恪辛道：「我去，你守著。」

他的語氣不是商量，而是命令。002無可奈何，半開玩笑道：「遵命，長官。」

唐恪辛起身，沒有走大樓的樓梯，而是從樓頂沿著排水管道，三兩下就翻了下去。十層的高度在他眼中，就像一個翻越小坡一樣簡單。

看見唐恪辛開始向工廠潛行，002對他比了個手勢，架起一旁的狙擊槍，做待命狀態。

空曠的廠區，只有一間廠房隱隱亮著火光。像是在黑暗中點亮光火，對所有心存覬覦的人招手。

唐恪辛悄悄地潛伏進工廠，看著前方微弱的亮光，心裡突然覺得不對勁。

那一明一滅的燈火，就像是在嘲笑著黑暗中的潛伏者一樣，晃動著身姿。

為什麼對方是孤身前來？為什麼一切看起來那麼順利？

唐恪辛右手緊握長刀，悄悄後退一步。

這會不會是……陷阱？

這想法一出現在腦內，他立刻決定撤退。然而右腳才剛剛後撤一步，身後就傳來一個突兀的低沉聲音。

「這可不行哦，怎麼剛來就想走呢？」

唐恪辛聽到聲音的瞬間後撤，躍到一個鐵箱子後面，防備起來。

啪——啪——！

剎那間，整個工廠火光大亮，猶如白晝。在耀眼聚光燈之下，一個男人背光而立。

他摸了摸自己的帽檐，對著唐恪辛藏匿的地方勾起唇角。

「我本來還想多請你作客一會，畢竟這可是好不容易逮到的大魚啊。你說是不是，七號？」

看著背光的男人，唐恪辛知道自己已經中了陷阱。

他眼睛眨也不眨地盯著對方，緊握刀柄，長刀，緩緩拔出。

遠處，002看著燈火通明的工廠，收起狙擊槍做的第一件事情，就是撤退。

幾十秒後，戴著鴨舌帽的青年領著一幫手下趕到大樓頂層，只看到一個空空的屋頂，002早已經離去。

「嘁，跑得真快。」他哼了一聲，不過隨即，看向幾百公尺外的工廠，開心地笑了。

「算了，最起碼還是逮到了一條大魚。」

正在此時，震天的槍聲響起，近郊工廠一瞬間變成了戰鬥的地獄！

月色掩映下，一道人影在暗巷間匆匆奔跑。

直到跑到一條小巷，他才停住腳步，大口大口地喘氣。

砰！

拳頭狠狠地打在水泥牆上。

「該死，畜生！情報怎麼會洩漏！」002怒吼著，發洩地擊打牆壁，漸漸地，拳頭都染上了鮮紅。

不知過了多久，他才停了下來。往常總是帶著笑意的眼睛，此時只有憤怒和殺意。

「有背叛者。」

今晚伏擊的情報洩漏了，一定是因為幽靈中有叛徒。

他輕輕笑了，牙齒上下摩擦著。帶著憤怒的眼睛飛快地閃爍著，像是在思考什麼計謀。

「我一定會把你揪出來。」

陰狠的音調，彷彿在寒冷的夜晚中結了冰。

第二天，當待命的幽靈們得到消息，離事發已經過了十個小時。

繼失蹤的 U-A004 之後，此次任務的指揮者之一 U-A007 也行蹤不明，甚至很可能落入敵方手裡。這個消息傳開後，對所有幽靈的士氣都造成了難以想像的打擊。

鏗鏘——

聽到身後發出的聲音，盧凱文疑惑地轉過頭。

「怎麼了，連湯匙都拿不穩？」

陳霖撿起湯匙，收到餐盒裡。

「沒什麼。」他道：「只是有些意外。有這麼多高級職業者參與，竟然也會發生這樣的狀況。」

「這有什麼。」盧凱文不以為意道：「我們又不是真的幽靈，還是有缺點的，誰規定高級幽靈就不能任務失敗了？」

「失敗……」陳霖喃喃地重複著。強大如唐恪辛竟然會陷入險境中，他實在無法想像。在陳霖的認識中，失敗和唐恪辛根本是完全不相干的詞語。

那是個從來不會戰敗的男人。雖然很可笑，但是陳霖一直是這麼想的。

然而現在，卻是連唐恪辛都失去了蹤影。

「那邊兩個，吃完了就給我過來。」

正在他心煩意亂之時，耳邊傳來了管理者的呼喊聲。

陳霖和盧凱文對視一眼，疑惑地走過去。

在管理者幽靈身旁，站著一個陌生的幽靈。一個容貌平凡，卻帶著古怪的笑意的幽靈。

「他也會加入你們這次的行動，你們三個合作進行任務。一會就出發，明白嗎？」說完，管理者就走了，似乎不想再繼續多待。

新的任務搭檔？

陳霖疑惑地打量對方，迎上對方也望過來的一雙眼眸。那雙眼睛雖然帶著笑意，卻莫名讓陳霖感到一股寒氣。他的笑，並沒有帶到眼睛裡去。

對這個突然加入的新幽靈，陳霖心中有了一絲防備。

「你們可以稱呼我為阿爾法，希望合作愉快。」新的搭檔笑著招呼道。

「阿爾法？這名字好奇怪。」盧凱文好奇地問道，「你是外國人？看起來不像啊。」

「只是混了四分之一俄羅斯血統。」阿爾法笑著說。

陳霖緊緊盯著他的眼睛，在他說這句話的時候，眼裡暗得幾乎透不出光來。

可是另一邊，盧凱文絲毫不覺得不對勁，只是開開心心地和新搭檔聊天。

「怪不得，我就覺得你的眼睛和我們不一樣，輪廓不一樣，顏色也不一樣。」

只要一笑起來，阿爾法的眼睛就顯得特別迷人，為他平凡的容貌增添了許多分。

「怎麼，這位不喜歡說話嗎？」和盧凱文聊著，對一直沉默的陳霖，阿爾法問道，「還是說，其實是不歡迎我？」

「哎，你別理這小子。我跟你說，他從剛才開始就不太正常。」盧凱文說著，「自從聽到那個什麼007任務失蹤的消息……」

「時間到了。」陳霖毫不猶豫地打斷他，冷聲道，「不要耽擱了出發時間。」

阿爾法收回投在陳霖身上的視線，贊同道：「那麼閒話家常就留待以後，現在最重要的當然就是完成我的任務。」

他掀起唇角，緩緩道：「任務當然是，第一位。」

盧凱文見狀也不再嘮叨。三個幽靈換好便服，準備從出口離開。他們這次的目標在外面。

天空還亮著，陳霖卻要在此時踏進這個屬於白天、屬於地上的世界。

打開一道又一道的重重關卡，眼前只有最後一道通往外部的大門。在開門之前，阿爾法突然回頭說了一句。

「如果我們的行動也失敗了，你們準備怎麼辦？」

盧凱文一愣，沒反應過來。其實他根本沒多少心思在這次任務上，對於外出反而更感興奮。

陳霖不一樣，對於即將見到的陽光，他心裡一點都雀躍不起來。

他看了阿爾法一眼。

「失敗的話，當然是重頭開始。」

無論失敗多少次，無論遇到怎樣的險境，只要還有一絲機會，只要還有一口氣，就不能放棄！

陳霖心中默念道。

是吧？你也是這麼想的，對嗎，唐恪辛？

即使任務失敗，你也絕對不會放棄，不會任人宰割！

阿爾法深深看了陳霖一眼，伸手，打開最後一扇門。

光，照耀進來。

Chapter 6

貓尾巴

「貓尾巴」是一家只對極少數會員開放的會員制酒吧。

沒有得到店主邀請的人，無法獲得會員資格。而即使是會員，也只有每週一、三、五才能前往酒吧消費，其他時間是屬於店主的私人時間，不接待客人，只招待自己的朋友。

今天是週四，從外瞧去，貓尾巴裡一片黑暗，看來老闆今天既沒有營業，也沒有招待朋友。

貓尾巴今天休息，店主卻沒有休息。

他剛剛從外頭回來，看見一個清潔工在門外的馬路上掃地。天快亮了，也該是他們開始工作的時候。

因為面孔有些陌生，店主不由得多看了那個清潔工一眼。

正在掃地的清潔工注意到他的視線，抬頭回了一個生疏的笑容，又低頭工作。

他衣著雖然寒酸，容貌卻相當清雋。

這樣的人，不像是清潔工啊。

店主心裡起了疑惑，便走近了些。

「天還沒亮就要工作，很辛苦吧。」

清潔工抬頭，注意到是剛才那個男人在和自己搭話。

「也沒什麼，習慣了就好。」年輕的清潔工道，「像我們這種工作，就是要趁著天亮之前出來，不然等人上班了，反而不好打掃。」

店主夾了根菸，嘆氣道：「不容易啊，要不要來一根？」

他遞了一根過去。

年輕的清潔工搖了搖頭，道：「不吸菸，整天在街上掃菸頭煙灰，現在看到菸就覺得手痠。」

店主夾著菸的手指有些尷尬，他看了看自己剛剛掉落在地上的菸灰，窘迫道，「那個，抱歉，我不是故意的。」說了又覺得不對，改口道：「其實我不知道你們打掃這麼辛苦……」

「沒什麼。菸頭菸灰算是乾淨的了，再髒的我們都清理過。」清潔工笑著道，「沒事，你吸吧，我正好順手掃一掃，也不費事。」

「我還是回店裡去吸好了。」

店主對他點了點頭，轉身離開。

「這位老闆，這家店是你的？」

身後傳來清潔工的喊聲，店主心中一緊，轉頭看去，眼睛不引人注意地瞇緊了些。

「是啊，怎麼了？」他的聲音在不經意間壓低。

清潔工放下掃把，看著酒吧的招牌，嘆息道：「這麼好的店面，老闆也應該很富裕吧。」

「不算富裕，只是能夠生活而已。」店主心裡有些疑惑了。

「如果你這才叫能夠過活，那我們這樣的人算什麼，乞丐嗎？」清潔工指了指自己，自嘲道。

「我不是這個意思。」店主皺了皺眉。

「老闆，你真是個怪人。」哪知，清潔員卻一臉疑惑地看著他，「明明不是同個階層的人，卻特地來和我這個清潔工說話。要知道平時，就連路過的流浪漢都躲著我們走。你這個人真不一樣，太奇怪了。」

「我……」店主的話堵在喉嚨。他該怎麼說自己一開始是因為起疑，才主動過來搭話的？誰知搭話以後，卻讓自己沒有臺階下了。

他思索著該怎麼找到合適的理由，不由得眉頭緊鎖。

「哈哈哈哈！天啊，老貓，我還是第一次見你被人問成這個樣子。」一陣突如其來的大笑，打斷了店主的尷尬。他和清潔工同時轉頭，晨光中，一個年輕人邁著愉快的步伐走了過來。

在光線的照耀下，他的容貌就像是米開朗基羅的雕像那樣完美，卻完全不像石雕那樣沉重冷硬。

這個手裡還甩著一頂半舊鴨舌帽的年輕人走了過來，站到店主面前，不過很快，他的視線轉向了清潔工。

「你本事不錯，竟然能把這個萬年老古板逼到這種地步，很有前途！」

他拍著清潔工的手臂，絲毫不嫌棄他衣服上的汙漬。

清潔工下意識地躲了一下，這個動作引起了年輕人不悅。

「怎麼，不高興我碰你？」

真是說變就變，剛剛還在笑的一張臉，現在好似烏雲密布。

「沒，身上髒。」清潔工解釋道，「不要弄髒你的手。」

聽到解釋，年輕人又笑了起來，變本加厲地勾住清潔工的肩膀。

「我不嫌髒！這算什麼，再髒的垃圾我都處理過，還會嫌棄這些？」他說著，似乎興致大起，「最近的清潔工都像你這麼有趣？」

清潔工搖了搖頭。

「我不有趣。」

「我覺得你很有趣。」

「哦，好吧。」

鴨舌帽年輕人盯著他半晌，見對方臉上淡然的表情像是在說：算了，不和你計較，你說是就算是吧。好像完成了使命，安撫一個調皮搗蛋的孩子。

「哈哈哈，怎麼辦，我覺得你越來越有趣了。」鴨舌帽瞇了瞇眼，放在身後的左手食指和拇指輕輕地搓動。

他說：「怎麼，要不要到我們這裡來上班？一定比你現在的工作有前途。」

「邢非！」身後的店主老貓阻止他的胡言亂語，揪著年輕人的耳朵，向店裡走去。

「抱歉打擾了，你繼續工作吧。」他對清潔工說了一聲，便帶著那個還在掙扎的年輕人進了店裡。

「邢非，老貓……」

初升的陽光下，清潔工低聲念了這兩個名字一遍，轉頭，繼續拿著掃把掃地。

不一會，一聲忍無可忍的低罵響起。

「誰在地上吐口香糖！」

口香糖，清潔工人的最大敵人。看著地上那似乎還冒著熱氣的口香糖，清潔工頭上的青筋似乎有些忍耐不住了。

「呵呵。」

放下簾子，扔掉手裡的口香糖包裝紙，邢非回過頭對店主說：「我幫你報了一箭之仇。」

老貓瞥他一眼，走近吧檯，話都不想跟這個幼稚的傢伙說一句。

邢非絲毫沒覺得自己受到了冷落，反倒貼過去，坐在吧檯前的位置。

「話說回來，你為什麼要注意那個清潔工，他哪裡可疑嗎？」邢非一邊問，一邊歪著頭回想。

「看他的反應，並沒有故意接近你的意思，也沒有故意躲避我們。身材是還可以，不過完全不夠看，我一根手指都可以把他捏死。這樣普通的人，究竟是哪裡引起了你的興趣？」

說完，邢非又笑。

「還是說你最近開始好那一口了？他的確長得不錯。不對啊，你要是喜歡男人，沒道理不看上我而看上他。怎麼說我也比……唔！」

老貓收回手。

「吃你的東西，少發神經。」

邢非嚼著嘴裡的巧克力，還在口齒不清地說話。

「甜，太甜。」

巧克力在口中化開，帶著苦味的甜意。

「不是我喜歡的那種甜。」

邢非喜歡的，是獨一無二的、香醇的甜味。他到現在還記得，那些血液如鮮紅玫瑰般噴灑出來，又滴濺到自己身上的溫熱感。

他喜歡血的味道、觸感、溫度，尤其是實力強大的人的鮮血，更讓他覺得興奮難耐。

邢非呵呵笑著，沉入到自己怪異的想像中去了。老貓看了他一眼，走進後面的工作室。

天色漸漸亮了，出來上班的人們在街頭忙碌地走動，白領們走在乾淨的人行道上，然而辛苦清掃這條馬路的清潔工們，卻不見了蹤影。他們就是為這座城市默默奉獻自己力量的螺絲，不可缺少，卻無人注意。

不，或許還是有人注意到他們。

比如，清潔工自己，以及他的同伴。

拖著打掃完的疲憊身軀，清潔工回到了暫時的居住地。

「哦！終於回來了！」屋內，穿著橘紅色工作服的同伴招手致意。

「快點過來吃早飯，等會我也要上班去了！今天要送的貨多了一倍，要命。」

清潔工看了屋子一圈，出聲問：「他呢？」

「買早飯去了，馬上就回來……哎，你看，這不回來了嗎！」同伴迎向門口，熱情道，「我來拿，我來拿，都快餓死了！」

清潔工轉過身，看著身後剛進門的男人。

高䠷的男人笑著進屋，對著晨光，那雙眼睛變得更加深邃迷人。

「回來了？」他對清潔工招呼道，「一起吃吧，我買了很多。」

清潔工並未拒絕，也隨之坐下。三人並坐一桌，吃著香噴噴的早飯，看起來其樂融融。

半晌，看著一個只顧著吃，另一個成天笑咪咪地不知道在想什麼的同伴，清潔工沉吟了一下，開口：

「我遇到他們了。」

「嗯？你遇到誰了，美女，豔遇？」埋頭苦吃的同伴含糊不清地問。

他這一問，另一個同伴也抬頭看過來，眼神意味不明。

清潔工嘆了口氣，道：「你不會真以為我們是出來打工的吧？盧凱文，你不要忘了我們的目的。」

盧凱文頓時失了興致，「你一提起這個，我吃飯都沒胃口了。」

「你發現什麼了？」另一邊，阿爾法問道。

清潔工，也就是陳霖點了點頭。

「他們昨晚一直在外，直到今天凌晨才回來。而在目標A身上，我聞到了血腥味。」

雖然那股血味很輕微，但陳霖覺得不會錯。自從某次事件過後，他對血的味道就無比敏感。

阿爾法放下筷子，深邃的眼睛閃爍著光彩。

「終於。」

他只說了一個詞，卻好像揭開了所有的祕密。

Chapter7

雨滴

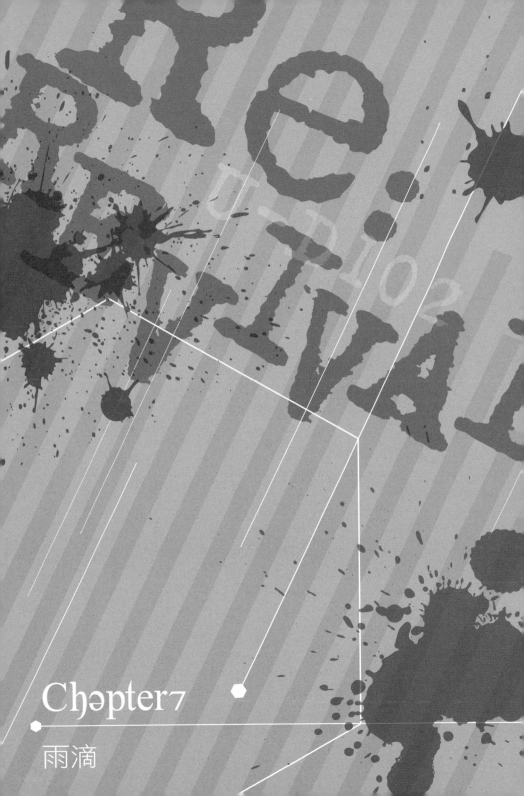

滴答——

血滴落在地。

比起水珠，血滴的聲音顯得更為厚重，黏稠。

鮮紅色的血液落地沒過多久，就漸漸失去了溫度，伴隨著它失去的生命力一同變得毫無光澤。

黑暗中，有個人被綁在不見天日的地下室。

他上半身未著寸縷，下身的褲子也變得破破爛爛。

雙手被鐵鍊束起，分別鎖在在兩邊的牆上。而捆綁的高度，只夠讓他勉強踮著腳尖站直。

「呼。」

輕輕的呼氣聲在黑暗中都格外明顯。

這是第幾天？

被鐵鍊鎖住的男人想著，在這個不分黑夜白天的地下室，他究竟被困了多久？

時間的觀念因為黑暗而一點點磨滅，但是他心底的欲望卻沒有消失。

他要逃出這個地方，然後復仇！

被血和汗水淋濕的頭髮蓋在眼前，遮住了大半張臉，唯一露出來的眼睛，卻像是野獸一樣在黑暗中熠熠發光。

鐵鍊晃動撞擊的聲音，伴隨著時不時響起的隱忍喘氣聲。

滴。

又是一滴血從傷口滴落。

囚徒垂著頭，不動聲色地默默數著。

一滴，兩滴……

離逃離這裡，還要流多少滴血？他想，至少是在血液流乾之前。

淅瀝瀝——雨水從天落下，從剛開始的一兩滴，很快變成滂沱大雨，叫路人都來不及躲避。

「這雨下得真大啊。」

邢非看著陰沉的天空，興致缺缺。

「下雨後，所有的氣味都會被沖散。腥味、血味、欲望的臭味。啊啊啊，都被沖乾淨了！無聊，太無聊了！」他不滿地拍打桌面，眼裡是隱隱的暴躁。

老貓站在吧檯裡，不去理會那個發神經的傢伙。

「不能出去，不能殺人，不能去折磨那小子！這日子活著有什麼意思，不如死了算了，算了！」

像個小孩一樣發著脾氣，邢非在一旁手舞足蹈地抱怨。

老貓終於抬頭看了他一眼。

「那你要去他們那邊嗎，倒也適合你。」

「他們？」邢非大笑，「開玩笑，誰要鑽到地下去做他人的傀儡。與其做那種玩意兒還不如死了算了。多可憐，不能隨自己的欲望殺人，不能隨自己的心意做事。幽靈，可悲的傢伙。」

「你憐憫他們？」

「是啊，我可是非常非常疼惜他們的。」邢非咧嘴笑了，「每次遇見幽靈，我都很樂意讓他們擺脫痛苦，送他們去真正的地獄。只要一刀，唰，很快！一點都不會痛苦。」

老貓看見他眼睛裡閃爍的紅光，那變態一樣的施虐欲望。

邢非就是因為這種古怪的個性，組織裡誰都不敢接近他，因為沒有人知道，他會不會下一秒就拔刀砍人。

話說，一言不合就拔刀砍人這種事，邢非好像還真的做過……

是什麼時候呢？

老貓的思緒有點飄遠了，連有人推開酒吧大門都沒有第一時間注意到。

「啊，有客人！」還是邢非一聲帶著興味的喊聲，將他喚醒過來。

老貓看向門口，一個穿著制服的年輕人緊張地站在那裡。

「那個，我是來送、送貨的。」

送貨的？老貓疑惑，這個送貨的年輕人為什麼會這麼緊張。

很快，他就明白了。

原來閒得無聊的邢非正用貓兒戲弄老鼠般的眼神看向這個年輕人，被這種變態盯著看，難怪會緊張了。老貓心中有些同情這個送貨的年輕人，很快走上前。

「您、您好，這個禮拜的貨全在這。」

「嗯，一共五箱，酒、飲料，還有一些其他東西。」

「您點一點。」

「好的，齊了。」老貓說。

「那我先走了！」

沒幾分鐘，送貨的年輕人將五箱貨物全搬進來，逃一般地離開邢非的視線。

作為店主，老貓彎下腰仔細查看貨物，這時候邢非突然出聲。

「剛才那個送貨員，之前好像沒看過啊。」

「新人吧。」

「你的貨不是一向由那幾個固定的送貨員負責嗎，為什麼一下子換了人？」

「也許是缺人手。」

「哈，那這個人手找得真好。他剛才緊張，是因為注意到了我對他的殺意吧。

這可不像是一般人，倒像是受過專門訓練。什麼時候你這家老店，能請得起這樣的人手了？」

「所以我說，是新手。」老貓準備打開最後一個箱子。

「努力想要表現正常，卻還是露出了破綻，竟然連這種新手都派過來試探……地下的幽靈那邊，還真是缺人手啊。」

邢非眼裡透出興奮的光彩。

「是吧！是吧！我就說！」他起身就要走，「我要去殺了他，啊，不對，我要去幫那隻可憐的小老鼠解脫！」

「不需要了。」

老貓起身，拿起箱子裡一個只有指甲大小的黑色不明物體。

「竊聽器？」邢非興致勃勃。

「我想，他們很快就會再派人過來了。」老貓盯著門口，若有所思。

邢非被他帶動，也全神貫注地看著門口，不過他的眼神更多的是按捺不住的殺意。

叮鈴——

門鈴響起，一個人闖了進來。

「抱歉，老闆！」竟然還是之前那個送貨的年輕人，「我剛才少送一個東西了，接著！」

說完，手高高一揚，扔了一樣物品出來。

「給你們的禮物！」

邢非眼皮一跳，大喝一聲。

「趴下！」

而高空中那個物體，卻在同一時間正要落下。

○．○一秒，這是邢非踢開那個炸彈，直到它爆炸的時間。

剎那間，炫目的火光在整個酒吧內燃起，邢非只覺得被一股熱浪掀起，隨後重重倒在了地上。

全身被炸彈掀起的尖銳物劃了不少傷口，邢非忍著疼痛，掙扎地爬起來，看著被自己踢到門口才爆炸的炸彈。

「呸——！」

他吐出嘴裡的一口血沫，眼睛裡都泛著紅絲。

站在吧檯後躲過一劫，沒受太多傷的老貓站了起來，看見他這副模樣，心裡有些不安。

他幾乎是立刻就叫了出來。

「邢非！」

然而還是遲了，那個興奮又憤怒的人，早已經衝出門口，不見蹤影。

星期五下午四點三五十分，下雨。

貓尾巴酒吧被幽靈報復性襲擊，兩傷，無亡。

「嚇死我了，嚇死我了，嚇死我了！」盧凱文神經質地重複著，飛快奔逃。

「那個變態，竟然反應那麼快還將炸彈踢回來。剛才要不是你拉了我一把，我早就被炸成飛灰了！」

阿爾法走在他身旁，沒有說話，臉色是少見的嚴肅。

「他追來了。」半晌，他說了一句。

「啊?你說什麼?」盧凱文不明所以，卻見阿爾法停下腳步，回身看著巷口。

「你怎麼了，不跑嗎?」

「你先走。」

阿爾法緊盯著巷口，一字一句道：「那個瘋子追過來了。」

「什——那你怎麼辦?一起走，一起跑啊!」盧凱文緊張失措，不肯丟下阿爾法一個人。

「要是沒人擋，一個都跑不了!我讓你快走，走!滾啊!」

大概是從來沒見過阿爾法這麼吼人的模樣，盧凱文愣住了，隨後轉過身就向巷子的另一邊跑去。

直到他跑得不見人影，阿爾法才收回視線。

「這個笨蛋，差點被他壞了計畫。」

盧凱文不肯丟下他逃跑，可不在阿爾法預料之中，要是這小子剛才硬要留下來，不知道會給他造成多少麻煩。而現在——

聽著巷口越來越接近的腳步聲，阿爾法唇角慢慢揚起。

而當那個人影出現在視線中，他的笑容更是無法掩藏了。

「終於來了。」他看著那道人影，以一種低沉的聲音道，「我可是，等了你好久。」

雨，越下越大，沖去了一切痕跡，也澆得在雨中奔跑的人渾身冰冷。

「陳霖！陳霖，陳霖！」

盧凱文一邊衝回據點，一邊大吼。

「出事了，出大事了！」

等他進屋，卻突然一愣。因為陳霖正穿戴整齊地坐在椅子上，抬頭看他，就像是特地等他回來一樣。

「你、你怎麼……」

「出什麼事了？」陳霖問，「你們不是去接近目標嗎？」

「哎呀，就是這個！」盧凱文一拍大腿。「我們被那個變態追上來，阿爾法叫我先跑，他現在留在那邊有危險！那個變態很厲害，還敢直接飛踢炸彈，簡直不是人啊！」

「阿爾法……」陳霖緩緩道，「他讓你先逃，所以你就逃回來了？」

「我、我怕沒人回來給你報信……」盧凱文說著，頭漸漸低了下去。

陳霖看著他，起身走向門口。

「告訴我在哪？」

「啊？」

「我要去那邊看一看。」

阿爾法竟然讓盧凱文先逃回來，陳霖怎麼想都覺得有蹊蹺。是死是活，他都要去看個究竟。

十分鐘後，陳霖和盧凱文重新回到了那條小巷。

然而，空空的巷子裡，空空的什麼都沒有。

沒有血跡。就算有，也早就被雨水沖刷掉了。

沒有激烈打鬥的痕跡，陳霖知道，像唐恪辛那種程度的高手戰鬥，都是一刀斃命，不會留下太多線索。

阿爾法、目標A都不見蹤影。
天空，雨還在下。
一滴，兩滴……
那麼，距離雨停，還要落下多少滴雨呢？

Chapter 8

電話

警車呼嘯著開過。

沿街的人紛紛聚集，看著這家被「恐怖分子」襲擊的酒吧議論紛紛。而酒吧的店主，正在臨近的一家醫院接受治療，當然還要另外接受警察的盤問。

老貓不動聲色，有條有理地回答著警察的問題，並沒有露出破綻。

做他們這行的大多討厭和警察打交道，老貓也不例外，不過他比同類多了一個優勢——他十分擅長偽裝。

只要老貓樂意，就不會被任何人看破自己的情緒。

問了半天，沒有得到什麼有用的線索。新上任的小警察收起記錄本，看著眼前這個十分配合調查的受害人，頗有幾分無奈，只是他自己也不知道這份無力感從何而來。

「警察先生，調查做好了嗎？」老貓虛弱道，「我想要回去休息一下。」

「你最好還是在醫院裡休息吧，也安全。」警察好心地建議道。

老貓卻不贊同。

醫院安全？

對於能把爪牙伸到各處的幽靈來說，沒有他們攻不破的堡壘。待在醫院，才會更加讓老貓不安。其實在心底，他甚至懷疑眼前這個警察是不是也是幽靈偽裝的。不過多疑實在太傷神了，老貓決定暫時先不去想那些有的沒的。

「我想在家能得到更好的休息，我想回去，警官。」

「哦，那也行！路上小心點啊！」有點愣頭愣腦的新警察點了點頭，看著老貓的背影消失在拐角，拿出通訊器。

「目標B已經離開醫院，注意監視。」

隨即，這名警察走進醫院的廁所。半分鐘後，一個樣貌普通的中年男人走了出來，至於那個新警察則是不見蹤影。

不是說過了嗎？

幽靈，無處不在。

老貓走出醫院時，已經沒有下雨了，只有屋簷的積水還在斷斷續續地落下來。

他想了半天，決定還是回酒吧看一看。邢非那小子，也許興致來了會回去看一眼也說不定。

回到酒吧，圍觀的人已經散去，警車也不見了，只有一兩個留守的警察，和圍在酒吧周邊的警戒線，提醒著人們剛剛這裡發生了一場爆炸。老貓有些遺憾，邢非並沒有回來。

不過他回頭，就意外地看見了另一個算不上陌生的人。

清潔工正推著他的清掃車，以惆悵的眼神看著酒吧外的垃圾。

滿地的玻璃碎片、人們腳步來回走動的淤泥，還有更多其他說不上來的爆炸遺留物。

真是滿地瘡痍，不忍直視啊。

不知為何，看著清潔工憂鬱的眼神，老貓竟然忍不住輕笑出來。

這一笑，倒讓對方注意到了他。

「晚安，出來上班？」老貓主動打招呼道。

清潔工點了點頭，沒說話。

「抱歉，弄得這麼髒，又要打掃很久了吧。」老貓說著走近，剛想吸菸，又突然想起什麼，收回了拿菸的手指。

清潔工回身看他，發現老貓手臂上纏著繃帶，臉上還有不少處理過的細小傷口。

「這不算什麼，我們只是清掃地上的垃圾而已。」他道，「那些醫生、護理師，每天還要處理更多垃圾，又髒又臭，比我們辛苦。」

「咳，咳咳！」老貓差點被自己的口水嗆到，不可思議地指著自己的鼻子，問道：「我，垃圾？」

清潔工堅定地點頭，又搖了搖頭。

「不是你，是你身上的傷口。傷口在恢復過程中排除的物質，不就相當於是體內的垃圾嗎？還有那些病重的人，他們的傷口發炎、病變，隨之產生的濃水和血水，護理師全部都要負責清理乾淨。」清潔工說著，長嘆一聲，「相比起來，我這份工作還不算髒和累啊。」

老貓是個善於聯想的人，以前他一直以此為傲，現在聽了這麼一番描述，他滿腦都是黃白色的不明液體晃來晃去，晃得都有些反胃，他突然討厭起自己這種聯想的天賦了。

正在此時，老貓的手機響起。他接起電話。

「喂，是我……什麼！」語調一下子高了八度。

老貓看了身旁的清潔工一眼，壓低聲音，調整情緒道：「仔細查，不要讓他跑了。還有，查一下邢非的消息，他走丟了。」

掛斷電話，老貓不知為何在原地停了很久，才緩緩轉過身，看著清潔工。

啪，合上手機，老貓露出一個微笑。

「抱歉，一直聊了這麼久，還沒問你叫什麼名字？」

他笑得很溫柔，但溫柔下卻藏著幾不可見的寒刀。

他要動手了！但是，為什麼，他懷疑自己的身分了？因為剛才那通電話？

一瞬間，陳霖汗毛直豎，敏銳地察覺到了危險。那股殺氣，讓他脖子後一片冰涼。

剛才還和相聊甚歡的老貓，竟然突然翻臉，只是接了一通電話，自己甚至什麼都沒有聽到，只是接了一通電話而已……

電話！

那通電話一定很重要，有重要資訊！甚至讓他不惜殺死只聽了幾句話的路人！是什麼資訊，是什麼，是什麼！

對面人雖然笑得燦爛，但是殺氣愈演愈烈，陳霖覺得冷汗都要冒出來。

在死亡的威脅下，他的思緒飛快地轉動，還沒想出個所以然，老貓已經不耐煩了。

「時間不早。」老貓笑著道，「我們是不是該道個別，說再見了？」

他抬起右手，似乎只是想做個道別的招呼。

但是陳霖知道，只要那隻手放下，自己就要和這個世界說再見了，永遠。

時間似乎無限放慢，陳霖瞳孔微微放大，看著那隻抬高的手臂，一公分，兩公分放下。一秒鐘的時間在他感覺就好像是一個世紀那麼長。而藏在袖子裡的殺機，也即將出鞘。

——叮鈴鈴鈴鈴！

一陣刺耳的鈴聲響起，兩個人都愣了一下。

這種尖銳又機械化的鈴聲，似乎不是手機鈴聲。

陷入困惑中的老貓轉頭看向——一旁的公共電話。

在這個無人的街道，公共電話的鈴聲格外刺耳，它一遍又一遍執著地響著，不肯放棄。

老貓無聲地輕嘆一口氣，對陳霖微笑道：

「不介意我去接一下吧？」

說著，他走向了公共電話亭，拿起了話筒。

「你好。」

然而話筒那邊無人說話，只有壓抑的呼吸聲，老貓不由皺眉。

「如果是無聊的惡作劇，那我就掛了。」他試探著道，同時故意伸出手，想要裝作掛斷電話。

「……來。」

隱隱聽到聲音，老貓屏住呼吸，仔細聽。

「不來……的話，他就死定了。」

話筒對面傳來一陣低笑，老貓莫名地覺得不安，語氣嚴峻起來。

「你是誰！」

「五分鐘之內，到最近的公車站，否則，我們就會殺了他。」

話筒裡詭異的聲音繼續說著。

「不要猶豫，不要反抗，你只有五分鐘的時間。」

「你們是誰！」老貓幾乎是吼了出來，緊抓著話筒的指節泛白。

一陣若有若無的笑過後，對方回答：「當然是，來自地底的，復仇的幽靈。」

喀擦。

電話就此掛斷，老貓在原地站了一秒，隨即像瘋了般快速跑向最近的公車站。

他不敢懷疑對方，因為他知道那幫惡鬼無惡不作！

他也不會懷疑對方是在糊弄他，因為剛才電話裡傳來那明顯有節奏的喘氣聲，是他們之間的暗號。

邢非在說：不要來。

可是老貓怎麼會不去！

他不去，還有誰會去救那個笨蛋？

最近的公車站離這裡開車也要近五分鐘，老貓使出渾身的力氣，飛一樣地奔跑著。

在他身後，被遺忘的陳霖失魂落魄地站著。

突然，電話鈴聲再次響起，還是那個公共電話亭。

陳霖如木偶般走了過去，接起。

「蠢貨！誰讓你在這個時候去找他的，不要命了嗎！」

對方熟悉的聲音讓陳霖愣住了。

「阿爾法？」

「哼，這個名字你也只有現在能叫了。聽著，給我回駐地，不准再出來單獨行動。」

「阿爾法！」陳霖幾乎無法思考了，「你在哪？他本來準備殺我的，怎麼就這樣走了？你幫我把人引開，你——」

「愚蠢！」

阿爾法打斷他，聲音冷酷。

「畢竟比起殺你這個沒用處的小人物，我們都還有更多的事情要做。」

阿爾法說：

「誰都不會在廢物身上浪費時間。」

電話就此掛斷，但是冷酷的聲音一直在陳霖腦海內徘徊。

狠狠一拳打在電話亭的玻璃上，陳霖看著絲毫無損的玻璃，和自己受傷的手。

須臾，似哭似笑的壓抑聲音傳來。

這是他第一次如此清醒地認識到，原來自己的存在，如此卑微。

而陳霖最後的那句話，也沒有傳到阿爾法耳中。

——你幫我把人引開了，你會不會有事？

Chapter 9

禿鷲

陳霖一回到住所，盧凱文幾乎立刻就迎了上來。

「怎麼樣，有沒有消息？」他追著陳霖問。

「你怎麼不說話啊？那，阿爾法呢，找到他了沒？」

「阿爾法。」陳霖低低念了一遍這個名字，「究竟是阿爾法還是貝塔，誰知道他究竟是誰？」

「你說什麼，找人找瘋了？」盧凱文一臉不解，「哎，先不說這個。阿爾法不見了，我們的任務也告一段落，接下來怎麼辦，有什麼新的通知嗎？」

通知？

陳霖想起剛才電話裡，那個冷漠的聲音讓他回到地表基地。是不想讓他添亂，還是覺得自己礙手礙腳？

不過的確，以自己現在的實力，又能做什麼呢？

做什麼……

陳霖猛地抬起頭，看向盧凱文。

「之前你去問的消息，問到沒有？現在地下世界內部，究竟是什麼情況？」

就在陳霖去酒吧的這段時間，他拜託盧凱文調查幽靈內部的狀況。

對於盧凱文來說，獲得淺顯的情報並不是一件難事。雖然幽靈們相互之間不怎麼交流，但是盧凱文還是憑藉自己「自來熟」的天賦，在各個職業的低級幽靈中都有那麼幾個認識的。通過他們，他可以獲知一些最新消息。

「還是那樣，不知道那些高級幽靈整天都在忙碌著什麼。不過這幾天，後勤組的工作已經停止了，他們好像已經不再需要新的情報。」盧凱文道，「這是怎麼回事？」

不需要新的情報，就意味著高級幽靈們已經開始準備對目標動手了。

可是陳霖到現在，連幽靈們的目標是什麼都不知道，唯一接觸的可疑分子，還是他招惹不起的人物，差點就被對方隨手殺了。

可惡。

緊緊握拳，陳霖再一次痛恨自己的無力。為什麼他就不能再強一點，為什麼他什麼都做不到？如果是唐恪辛的話，他會怎麼做？

唐恪辛……

陳霖突然一個激靈。

剛才在酒吧外的那個電話，那個老貓究竟聽到了什麼，他又說了些什麼？

「仔細查，不要讓他跑了。」

這句話是什麼意思？是他們囚禁的人逃了出來嗎？

那個人是誰，會不會是唐恪辛？

陳霖站起身來，走向門外。

「等等，你要去哪啊？」盧凱文在他身後追著喊。

然而他話音沒落下，陳霖就不見蹤影了。

他要去哪？

阿爾法讓他回基地，不想讓他出來攪和。陳霖自己也知道，以他現在的能力，幾乎什麼都無法做到。但是就這樣放棄嗎，就這樣乖乖地遵循指示躲回地下？

踏出門的那刻正是午夜，屋外除了疏落的燈光，就是一片黑暗。這和還待在地下世界時何其相似，同樣的一片黑暗，同樣的寂靜，同樣是一人獨行。

對於陳霖來說，來到地表和待在地下有什麼區別嗎？

他心裡這樣問自己。

不，沒有改變。重新來到擁有陽光的世界，他卻還是和以前一樣，總是被動地受人擺布，總是無法做出自己的選擇。而自己什麼都做不到，只能看著事情一件件地發生，做一個旁觀者。

接受現實，然後麻木。這樣的他，和還在地下世界生活時有什麼不一樣？這樣的生活，就算是活在陽光下又與在地下時有何區別？

陳霖不想再過這樣的生活，他不想讓自己在陽光下，也只能活得像個幽靈。所以，需要改變，改變！

現在的他能做什麼？

陳霖奔跑著，身影漸漸消失在夜色中，沒有人知道他去了哪。

時間回到半個小時前。阿爾法掛下電話，看著身後被捆綁在地上的那個人。笑了笑，他走過去，撿起地上一頂沾上了汙漬的帽子。

「感覺如何？」

他問。

「被人抓住，作為要脅同伴的人質，是不是很有成就感？嗯？」

躺在地上的邢非身子被按倒在地，雙手被緊緊捆在身後，臉龐幾乎都快要貼到地面。然而即便是這樣，他依然抬著下巴，看著高高在上的阿爾法。

邢非眼中的傲意一絲都沒有減少。

「是很有成就感。」他輕笑，「竟然能讓兩個A級幽靈一同狙擊我，實在與有榮焉。還是說，你們認為僅憑一個根本無法擒下我，嗯？」

「兩名A級？」阿爾法故作困惑，「在哪裡，我怎麼沒有看見？如果你在說角落裡的那位嘛，我倒還可以理解，不過剩下的一個……你指的是誰？」

在他們身旁的陰影處，站著一個一直沒有說話的人影。

他低著頭坐在牆角，默不作聲，只是左手一直壓著右手臂，似乎受了不小的傷。此時聽阿爾法和邢非同時提起自己，這個神祕幽靈只是抬頭看了一眼，尤其是瞥了一眼阿爾法，什麼都沒有多說。

「說實話，我的確很驚訝『四號』竟然還活著。」邢非看著角落裡的人影，道，

「當時他手臂中槍，又掉入海裡，我還真以為他逃不過餵魚的命運了。」

阿爾法笑著搖了搖手指。

「可惜，幽靈不會那麼容易死去。不過話說回來，我也很驚訝，要不是他突然出現助了我一臂之力，說不定在巷子裡和你狹路相逢的時候，被抓住的就是我了。幽靈們總是神出鬼沒，我真該感謝同伴們的好習慣，才能讓我抓住底牌，反擊一把。」

「不過現在你的底牌已經用盡了。」

「現在有你做人質，我也不需要底牌了。」阿爾法揮了揮手，「在你的同伴趕來之前，你還是好好地待著吧。要是再挑戰我的底線，別怪我忍不住。」

邢非一直盯著他看：「你抓住我也沒什麼用，你們的任務……」

「早就被你們破壞了，對吧？利用藏在我們之中的內奸，還俘虜了我們的一位得力幹將，幹得很不錯嘛，『禿鷲』。」阿爾法望著窗外，「真是一幫食腐的畜生，一聞到腥臭味，老遠就湊過來了。」

禿鷲，一個國際雇傭兵組織。一直以來，它都是幽靈們僅有的幾個大敵之一。

雙方你來我往，交手不下上百次，早已結成死敵。尤其是禿鷲，有時就算不惜犧牲自己的利益，也要阻止幽靈們的任何一次大型行動。

真是寧願自己吃虧，也見不得別人好的典型。說直白點，就是小家子氣。

「既然都知道我們是禿鷲，你以為你抓住我能得到什麼嗎？」邢非冷笑道；「對於沒用的棄子，禿鷲從來不會浪費半分資源。」

「那可說不準啊。」阿爾法回過頭來，笑了，「而且誰說我抓住你的目的只有一個？看來你還沒有認清自己的價值。」

說完，他就不再理會邢非了，而是專注地看著窗外，為今晚即將到來的盛宴默默做準備。

「我真想知道，你究竟是什麼來歷？」邢非緊緊盯著阿爾法的背影，難掩興奮難耐地低聲道。

而在他壓在地上的前胸的外衣領口，一個縫在夾層裡小型的信號發射器，正發出肉眼看不見的信號。

晚上十一點三十分，阿爾法用公共電話亭的電話，將老貓成功釣來。

十一點三十四分，阿爾法結束了與邢非的對話，專注地等待著。

十一點三十五分，老貓準時出現在阿爾法的視線中。捕獵者露出了笑容。

而與此同時，邢非衣服夾層裡的信號發射器，在幽靈們還未察覺的時候，已經向所有接受信號的禿鷲行動人員，暴露了阿爾法他們的蹤跡。

這一場狩獵，究竟誰是獵物，誰是獵人？

十一點三十八分，陳霖甩開盧凱文，一個人奔跑上街，不知去向。

每個人，每一顆星星，都在自己的軌道上有條不紊地運行著，而這一場由兩個組織的無數人員對抗的棋局，也將打響最終的勝負戰。

不過，所有人都遺忘了一個關鍵人物。

在這一切即將開始的兩個小時之前，唐恪辛成功逃離了禿鷲的囚牢。

然而，問題是，他現在在哪呢？幽靈們尋找著，逃脫了禿鷲囚籠的唐恪辛，如今在哪？

月光下，金屬反射著冰冷寒光，像是在靜靜地等待，下一個被看中的獵物。

是，你嗎？

Chapter 10

重逢

午夜，城裡的人們大多陷入夢境。

然而，夢境之外的現實世界，正悄無聲息地發生變化。

劉菀宜睡到半夜，突然驚醒，她睜著眼躺在床上望著天花板喘息，天旋地轉，而剛才夢中的恐怖經歷還猶然在眼前。

看不清面容的人影團團圍繞住她，譴責與鄙夷的目光，讓她幾乎溺斃在其中。直到衣服上冷汗都快乾透，劉菀宜才站起身，走道窗邊透透氣。她不明白為什麼過了這麼久，還會做那個夢。

——那個父親被抓走時，夜夜纏身的噩夢。

打開窗戶，一股寒氣滲透進來，一下子吹醒了渾渾噩噩的大腦。劉菀宜鬆了口氣，正準備放下窗簾，卻發現樓下路燈的陰影裡似乎站著一個人。人的影子被路燈拉得斜長，像是一直延伸到地下。

劉菀宜心裡一驚，莫名覺得那道人影有些眼熟，她瞇起眼，想要再看仔細一點，那藏在路燈後的人似乎注意到她的目光，轉身離開了！

不能讓他離開，不能！

心裡不知為何這麼想著，劉苑宜快速跑到門口，拉開大門衝下樓去。然而她一打開門，就差點與對面的人撞了個正著。

劉苑宜嚇了一跳，對方顯然也是。

「小宜。」中年男子驚訝過後道，「這麼晚了，妳要去哪啊？」

不自覺地向後退了一步，劉苑宜略帶防備道：「我只是開門透透氣而已，媽媽還在睡覺。」

面前的男人，就是那位妻子曾離家出走的火鍋店老闆。

「叔叔才是，大半夜出來，難道是有工作嗎？」

「是啊，現在要去進貨呢。」中年男人搖了搖頭道，「這年頭想過好一點的日子，總要比人多吃些苦頭。」說完，他就下樓去，還不忘提醒，「小姑娘早點睡吧，晚上不安全，不要出門亂逛。」

直到火鍋店老闆的背影消失在樓梯口，再從樓梯間的窗戶向外看去，劉苑宜已經看不到剛才那個站在路燈下的身影了。她在門外停留了一秒，關門進屋。

屋裡，母親睡眼惺忪地起來，問她。「這麼晚妳去哪了？」

「沒什麼。」猶豫了一會，劉菀宜還是說，「媽，我剛才在樓下看到一個人影，好像是爸爸。」

噹啷！

矮櫃上的花瓶被撞碎在地，劉母突然清醒，甚至有些歇斯底里：「什麼爸爸！妳早就沒有爸爸了，妳爸爸早已經死了！他害我們一家還害得不夠慘嗎？妳還想他幹什麼！不准給我再提他，記住沒有！」

面對母親的怒火，劉菀宜只有默默忍受。然而那道熟悉的人影一直無法從她腦內驅除出去，從很久以前開始，劉菀宜就想過——父親真的死了嗎？

那個總是溫柔地照顧她的父親、那個因為走錯路而身敗名裂的父親、那個給這個家帶來了無盡苦難和歧視的父親，他真的已經死了嗎？

五分鐘後，劉菀宜對屋的火鍋店老闆，帶著一身的寒氣和不耐煩回了房子。屋內，他「離家出走的妻子」正好整以暇地坐在沙發上看電視，聽見開門聲頭都沒抬地問：「抓到人沒有？」

和她搭檔的伙伴，ＩＤ為U-B079的男人道：「沒有，那傢伙跑得太快了，沒逮到。不過我已經確定了，就是他。」

許佳皺眉不解：「上面要我們來這裡盯梢，就是為了這個？就算知道他現在還會回來看自己的家人，這有什麼用？」

U-B079 嘲笑道：「用處可大了。越是有牽掛的傢伙，越容易被人逮到把柄。而這傢伙在這種特殊時期還要回家裡來看看，妳說，這不是一個明顯的弱點嗎？這或許可以解釋，他為什麼會輕易地背叛我們。」

「他是被人威脅才背叛的？是誰威脅他？」許佳大驚，接連問道。

「我不知道。」U-B079 搖頭，「不過有一點可以肯定，對方威脅他做的事，和前陣子A級幽靈任務失敗的事情有關，否則上面不會特地把我們調到這裡來監視他的家人。」

「那你還把他放跑了！」

「呵呵。」U-B079 笑了，「妳忘記這次任務出動了多少幽靈？這點事，還輪不到我們操心。這種叛徒，自然有人會解決他。」

風聲在耳邊竄過，像是緊追不放的惡鬼。

然而比惡鬼更可怕的，是緊迫而來的生死威脅。

老劉飛快地奔跑著，他不確信自己有沒有躲過追兵，不確信自己是否已經安全了，他只是不斷地跑，不斷地跑，像是要把所有來自黑暗的陰影都甩在身後。但是他也明白，自己永遠也逃不出去……

不知跑了多遠，直到確定自己跑到足夠安全的地方，他才停了下來。身後已經沒有追兵了，無論是人，還是幽靈，都沒有。

怦怦，怦怦。激烈的心跳還未平息，老劉緊捂著心臟，有些後怕地想著剛才的那一幕。他只是偷偷看妻子和女兒一眼而已，沒想到在那裡竟然有幽靈埋伏，差點就被他們逮個正著！

一切的僥倖都已破滅！他們知道了，他們知道了！老劉恐懼地想，他們發現了自己的背叛，他沒有活路了！

死亡的威脅讓他心驚膽戰，不甘與求生的欲望，又讓他充滿焦慮。到底要怎麼做，才能——

「你怎麼在這？」

正在此時，身前傳來一道驚呼，猶如一道霹靂響在老劉耳邊。

有一剎那，老劉幾乎以為自己被發現了，眼前是一片血紅，他緩緩地地抬頭看去，才看見那詫異地看著他的人。

陳霖實在沒有想到，會在這裡遇見「熟人」。

他也是一路狂奔過來，到現在心跳都有些不穩。

陳霖要去的地方，就是許佳跟他聯絡的監視區域。從許佳口中，陳霖知道這是一個重要地點，也是進出城市與工業區的必經之地。

之前唐恪辛就是去城外工業區執行任務，然後不見蹤影，如果他成功逃脫了，很可能會從這一條路回來。

所以陳霖才急匆匆地趕來。自從得知唐恪辛成功逃跑後，他就期望自己能是第一個找到唐恪辛的人。如果能比阿爾法，比其他幽靈更早發現唐恪辛，或許就能證明他並非一無是處，不是一個廢物。

然而沒想到，他卻在這裡遇見了一個不速之客——老劉。

「你在這裡做什麼？」陳霖用有些懷疑的口吻問道。

這個時段，除了還在任務中的幽靈外，其他幽靈應該都老老實實地待在地表的基地才對。此時，老劉突然出現在這裡，不免讓他心生懷疑。

老劉沒有回答他，只是一直沉默著。直到這時，陳霖才注意到他不對勁，心中一凜，小心地退後一步。

「啊啊啊啊啊！」

然而，對面的幽靈像野獸一般，猛地衝了過來。

幸虧陳霖早有警惕，驚險躲過了他這一擊。

「你發什麼瘋！」他咒罵。

老劉像是渾然聽不見他的話，雙眼赤紅，嘴裡念念有詞。

「為什麼要妨礙我，為什麼你們都要我死！要死就一起死啊，啊啊啊！」

他揮舞著手中的利器，再次攻向陳霖。

「夠了！」側身躲過他的匕首，心情本就煩躁的陳霖忍無可忍，「你發什麼瘋！」

他抬手劈過去，打落老劉手中的利器。經過唐恪辛一段時間的訓練，陳霖現在的格鬥能力比起數月以前可是不可同日而語。雖然對付高手還不足夠，但是對付明顯神志不清的老劉，還是綽綽有餘。

打落具有威脅的武器後，陳霖一把扣住老劉的手臂，反壓著他的關節，將他牢牢按在地上。

「給我冷靜一點！」

不明白這傢伙為什麼發瘋，陳霖制伏了老劉後不敢有一絲懈怠。

他不明白的是，當一個人深處絕望之中，能爆發出來的力量超乎常人想像。

老劉用力掙扎起來，竟然不顧折斷左手臂，也要轉過身用右手攻擊陳霖。

陳霖被他這股瘋狂給嚇到了，一時竟沒有反應過來，眼看那隻拳頭就要砸中他脆弱的咽喉。

唰——

利刃穿透血肉。

血液大股大股地從傷口中流出，被刺傷的人像野獸一般痛苦地低鳴著。陳霖抬起頭，看著老劉被釘在地上的右手。血跡斑斑的手背，正插著一把他再熟悉不過的長刀。

久違的聲音在身後響起，帶著一貫的奚落。

「你究竟什麼時候才能有點長進，嗯？」

Chapter 11

背影

傳來的聲音平靜得叫人無法揣測出它主人的情緒。

而奇蹟般地，陳霖在聽到這個嗓音的瞬間，心裡陡然安靜下來。隨後他察覺到自己的轉變，不禁對自己有幾分懊惱。什麼時候他竟然對這傢伙產生了這樣的依賴？以至於只要聽到他的聲音就會安心。

「唐恪辛……」陳霖艱澀地喊出他的名字。

唐恪辛沒有理會，只是走過陳霖身邊，向另一旁的老劉走去。

陳霖這才注意到，唐恪辛身上有著大大小小不少的傷痕，甚至臉上也有。他從來沒有在唐恪辛身上見過這麼多傷口，有的是成條紋狀的青紫色淤痕，有的是細小的擦傷和劃傷，還有肌肉撕裂已經泛白的創口。

陳霖張了張嘴想要開口，然而看見對方平靜的神色後，決定還是什麼都不問。

唐恪辛向老劉走去，將一隻手輕輕搭上他插在老劉右手手掌心的長刀。

只是這輕微的加力，老劉便控制不住地又哀號了起來，聞者心驚。

唐恪辛不為所動，只是握住刀柄，緩緩將長刀從地面、從老劉的傷口裡拔了出來。

拔刀的過程，對老劉所產生的痛苦顯而易見，他的臉已經慘白得沒有血色，斗大的汗水滴落。即使是一旁的陳霖看了，心中也略微不忍。

唐恪辛毫不受影響，拔出長刀，輕輕地甩了甩上面的血跡。

「你……你。」受到疼痛的刺激，老劉的意識逐漸恢復，等他看清站在眼前擦刀的人是誰，不由得瞪大了眼睛。「是你？」

他似乎沒想到，唐恪辛會出現在這裡。

唐恪辛沒有向他解釋的心情，擦去刀上的血跡後做的第一件事情，就是把刀架在老劉脖子上，緊貼著他的肌膚，不留絲毫空隙。

鋒銳的刀鋒在老劉肌膚上劃出一道血痕，不過對此他們誰都沒感到意外。無論是一臉冷漠的唐恪辛，還是滿臉痛苦神色的老劉，對於現在的場景似乎都早有預料。

陳霖敏感地察覺出了不對勁。

老劉的突然發瘋，唐恪辛的及時出現，並且對老劉毫不留情地攻擊，這一切似乎都在暗示著什麼。

陳霖不是遲鈍的人，很快他就明白了其中的蹊蹺。

「他和……你們的任務失敗有關？」他問唐恪辛。

唐恪辛側頭看了他一眼，眼中沒有特別的情緒，但是這種平淡的反應已經讓陳霖相信自己猜對了。

老劉出現在這裡，表現得又這麼異常，唐恪辛也對他如此手下不留情，這一定不是因為老劉攻擊了自己的緣故，陳霖還沒有這麼自戀。

能讓唐恪辛對一個無名小卒出手，不可能會是什麼普通的理由。

例如，洩漏祕密讓兩次任務接連失敗的叛徒？

一切的證據，都指向對老劉不利的一面。似乎也知道不可能再有狡辯的機會，老劉的神色在痛苦中更增添了一分末路時的清明。

他看著唐恪辛，竟然從喉嚨裡發出沙啞的笑聲。

「你想殺就殺好了。」喉嚨裡發出咕嚕咕嚕的聲音，就像是有血沫在裡面翻滾。老劉此時的神情，倒像是一點都不懼怕死亡。

陳霖看著唐恪辛，想看看他會如何應對。

出乎意料地，唐恪辛竟然漸漸將刀鋒從老劉脖間撤下來。

漆黑的眸子一眨也不眨地盯著老劉，唐恪辛緩緩道：

「是你將作戰情報透露給禿鷲，為什麼？」

老劉沒有否定，也沒有回答。

「為了金錢？」唐恪辛繼續問：「為了自由？」

老劉無動於衷。

「還是，為了你留在地表的家人？」

唐恪辛問出這句話的時候，老劉雖然依舊沉默，可是沉默所代表的意義卻不一樣了。

「作為幽靈，你最不該有的就是牽掛，而現在竟然因為這份牽掛而連累了我們。」唐恪辛冷漠道，「這不僅僅是你的錯誤，同樣也是你家人的錯誤。或許說，他們的存在本身就是錯誤。」

陳霖心頭一跳，有不好的預感。

果然，見唐恪辛的下一句話就是。

「既然這樣，就應該將之清除。」

老劉猛地抬起頭來，眼中赤紅。

「你不能這樣做！不能！你們答應過不會對我的家人出手，她們和我已經再沒有關聯了，這是當初說好的！我們說好的！」

「是啊。」唐恪辛不在意道，「但是同樣說好，成為幽靈後禁止再與家人聯繫。先違約的是你。」

他收刀，似乎打算放任老劉不顧，而是向另外一個方向前去。老劉卻比剛剛被刀抵住脖子時還要害怕，他迅速撲上前，用流血的雙手緊緊抱住唐恪辛的腳踝。

「不，不要傷害我的家人，她們是無辜的！她們只是普通人！」

陳霖從沒見過老劉如此瘋狂而又絕望的模樣，似乎唐恪辛這一去，會毀掉他所有的希望。

「無辜？普通？」唐恪辛冷笑，「你為了她們而洩漏情報的時候，有沒有想過，因為你的出賣而死亡的那些幽靈，是不是也是無辜的？有沒有想過，因為我們任務失敗而影響了大局，那些因此受牽連的普通人，也是無辜的？

「現在這些無辜的人已經因你而死了，你憑什麼要求我放過你的家人？」殺手的表情冷漠，「那不公平。」

老劉徹底絕望了，他抱著唐恪辛的腳，嘴裡只發出嗚嗚的聲音，眼角流下的不知是血還是淚。

看著他這副模樣，陳霖不知出於何種心理，突然說了一句。

「你攔住他也沒有用。」

另外兩個幽靈齊齊看向他。

「在那裡有安排監視的人手，如果幽靈想對你的家人動手，你攔下唐恪辛也只是做無用功。」

老劉渾身一僵，攔住唐恪辛的手慢慢地鬆開，無力垂下。

唐恪辛意外看了陳霖一眼，似乎是在揣摩他為何會突然開口。

「但是，這並非意味你的家人一定會死。你知道在犯了錯之後，一般會有幾種結果嗎？」陳霖頓了頓，道：「第一，接受錯誤的後果，付出代價。另一個，就是彌補自己的錯誤，以求減輕懲罰。所以你現在還有機會，如果你真的有心要救你的家人，只要提供我們關於敵人的重要情報，未必就不能實現。」

老劉的喉嚨裡發出不明聲音，像是一隻野獸。

「你要想清楚。」陳霖看著他，蠱惑般道，「我不知道對方是怎麼威逼利誘你的，但這是你唯一的機會。如果放棄了，你不惜背叛也要保護的家人，就會因你而死。」

說實話，陳霖心中也很緊張。他不確定老劉是否知道敵方的祕密情報，不過死馬當活馬醫，這是現在唯一的兩全之法——既能挽回幽靈的劣勢，也能保護老劉的家人。

「我，我只知道一件事。」過了許久，老劉終於沙啞開口，「就在、在不久之前，禿鷲突然動員大量人手，趕往同一個地方。我不知道是為什麼。」

「去哪？」

老劉報出一個大概方向。陳霖心中一驚，這不正是之前阿爾法脅迫老貓前去的地方嗎？這是老貓的陰謀？那麼阿爾法他們究竟知不知道？他們會不會有危險？

就在他全神貫注地考慮時，唐恪辛再次開口了。

「第二次交易的地點，在哪？」

他沒有說得很清楚，沒有具體指出是什麼交易、什麼地點，就只是這樣一個模糊的概念，老劉卻聽懂了，甚至因此簌簌發抖。

「不，不，我不能說！他們會……」

唐恪辛轉動長刀，刀身反射出的光芒在夜晚格外刺目，這是來自死亡的威脅。不僅是威脅老劉，更是威脅他的家人。

最後，老劉還是妥協了。

Chapter12

黑夜伊始

許佳收到一條來自陳霖的訊息。她足足看了好幾遍，才反應過來。

「喂，喂喂喂喂！」她朝自己的搭檔呼喊，「有大麻煩了，你快點過來看！」

她的搭檔，U-B079走過來看了一眼，意外地，並不覺得緊張。

「哦，看來我們這邊被對方將計就計，甕中捉鱉了。」

許佳完全不能理解地看著搭檔，「你怎麼還這麼冷靜？趕緊回報回去，提醒他們小心啊！」

「提醒？」U-B079提一提嘴角，「叛徒都已經抓出來了，現在像他們那種層級的戰鬥，哪還需要我們提醒？」

「你什麼意思？」

U-B079只是哼哼兩聲，沒有再理會她。

實際上，從這些幽靈不同的反應來看，可以看出許佳和陳霖還是太過缺少經驗。凡是稍有經驗的幽靈都知道，當出戰的是A級幽靈時，需要擔心的往往是他們的敵人。而這一次，不再有老劉向對方通風送信，A級們還會失敗嗎？

或者說，阿爾法他們，真的不知道正在逼近的陷阱嗎？

跟在唐恪辛身後，陳霖越來越心驚。他發現，他們越走越偏僻，已經再次從城區到了工業區附近。夜半的工業區空蕩無人，又地處偏僻，在這個地方即使想要呼叫援兵也是一件困難的事情。

想到這裡，他忍不住開口：「我能做些什麼？」

唐恪辛沒有去支援被包圍的阿爾法，相反，他們從老劉那裡打聽到了禿鷲第二次交易的現場，現在，他們到了這裡，唐恪辛似乎是打算獨自行動。

陳霖不打算阻止唐恪辛獨自闖入，因為他不可能辦到。但是在這次任務中，他希望自己最少也能發揮一點點作用，而不是像阿爾法說的那樣，只是一個無用的弱者。

唐恪辛回頭看他：「你有沒有帶武器？」

陳霖點頭。

唐恪辛示意不遠處，一座黑暗的大樓。

「既然他們已經幫我掃清障礙，那我的任務就是殺光裡面的人。而你，如果認為自己有本事的話，就捕殺漏網之魚。」

「會有漏網之魚？」

唐恪辛看了他一眼。「看情況。」

兩人不再多說，眼看唐恪辛就要闖進去，陳霖不免想起他上次失敗被俘虜的事情，連忙道：「你一個人小心些！」

唐恪辛頭也不回，只是輕輕笑了笑。

陳霖並不明白唐恪辛這笑聲的意思。他只是看著唐恪辛從黑暗中潛入，手中握緊自己的武器。

就像是一片黑霧融進了夜色一樣，唐恪辛的潛入並沒有引發任何動靜。

陳霖在外面站了好幾分鐘，沒有聽到任何一絲響動，他不禁懷疑這座大樓裡究竟有沒有敵人？唐恪辛已經開始對他們下手了嗎？

他看著面前這棟樓，然而除了黑暗，什麼都沒有看到。

夜色就像是要吞噬一切一樣，靜靜蟄伏在他面前。就在這時候，陳霖突然聽到了一陣腳步聲。一陣急促而又倉惶的腳步聲，正快速地向他這邊接近。

匡噹！

大樓的門被人用力推開，一個滿身是血的男人出現在門後。鮮血滴滴答答從他身上滴下，不知那是他自己的血還是別人的。這個逃跑的男人就好像身後有死神在追趕一樣，幾乎是手腳並用地爬了出來。

然而，當他看到堵在門前的陳霖的那一刻，眼神驟然渙散了。

原本逃出生天的希望，在這一秒徹底粉碎。

陳霖警惕起來，經過老劉的教訓，他知道陷入瘋狂的人可不好惹。果然，下一秒，這個男人就赤紅著眼眸向他衝了過來。

陳霖早有準備，揮起匕首巧妙地擋下了男人扔過來的一塊廢鐵。

看著陳霖手中的利器，男人明顯猶豫了一下，然而求生本能卻促使這他撲了過去。他像野狗一樣毫無章法地撲向陳霖，凌亂的攻勢被冷靜的陳霖一一化解。

最後，似乎是不耐煩再與這個男人戰鬥。

他趁著男人分神，伸腿將他絆倒在地，匕首隨即緊緊貼上男人的脖子。

一切靜止在那一秒鐘。

神奇的是，在那一刻，陳霖可以清晰地看到對方眼中的情緒——哀求、恐懼、憎恨。

就像唐恪辛曾說的，無論是怎樣的大人物，面臨死亡時也只會流露出這些情緒。因為死亡，會公正地對待每一個人，無論他是誰。

手幾乎沒有片刻停頓，陳霖割開了男人的喉嚨。

鮮血噴濺出來，等他察覺到時，才發現自己被濺了一臉的血——他離這個男人太近了，近到連他眼中的生氣是怎樣一點一滴地渙散，都看得清清楚楚。

這個男人，最終在陳霖手中變成了一具屍體。

不是被囚禁在地下世界那些生不如死的囚徒，這次陳霖是用自己的手殺死了一個活生生的人。他目睹了一個生命，從臨死前的掙扎，到死亡最後一刻的時光。

與情感無關，與理智無光，這一刻他才真正地看到了那一扇大門。

這個世界上最令人恐怖的門——生與死。

唐恪辛不知什麼時候出現在門口，身上並未沾染到一絲血跡，但是那已經變得通紅的長刀證明了剛才裡面那猶如地獄一般的殺戮。

他看著陳霖，沒有任何情緒，只是道：

「任務完成。」

任務完成。

陳霖這才回過神，從第一次真正意識到自己是在奪取人類生命的恍惚中清醒過來。

唐恪辛要他負責清除漏網之魚，陳霖履行了自己的職責。他不想再被當成累贅，他要證明自己的價值——哪怕是以別人的生命為代價。

「回去吧。」唐恪辛道，率先離開。

陳霖麻木地跟在後頭，張了張嘴，想要說些什麼。

「善後會由其他幽靈處理。」唐恪辛看穿了他的想法，「你和我的任務已經完成。至於另外那邊，不用我們去解決。」

他的話讓陳霖明白過來。

這只是一次任務而已，以後還會有無數次任務。而從這一刻開始，他就不再是以前的陳霖，不再是那個每天過著平凡日子的打工族，也不再是在地下世界忍辱負重想要重見天日的幽靈。

他的生命，被引進了另一條道路。一條即使活在陽光之下，卻依舊活得像是鬼魅一般的道路。

出乎自己的意料，陳霖此時竟然變得平靜許多。

他再一次踏上了未知的旅途，他不知道明天到來的會是什麼。但是……看著前方唐恪辛的背影，陳霖緊了緊手中的匕首。

至少現在他知道自己擁有什麼，通過努力又能擁有什麼。知道在這條路繼續走下去，他會擁有的才是自己生存的權利。在此之前，哪怕只能繼續當一隻幽靈，他都可以堅持。

他必須這樣活著，也只能這樣活著。

兩個幽靈的影子漸漸遁入黑暗，而在他們之後，黎明的陽光穿透黑夜。

黎明之時，所有的幽靈都從地表世界消失。

那一天，直到很晚的時候，陳霖才通過許佳知道，阿爾法他們那邊發生了什麼。

禿鷲的主力部隊的確去圍攻阿爾法他們了，卻沒有得逞。或者說，他們是中了阿爾法的調虎離山之計。

唐恪辛逃出來的第一時刻就和幽靈內部聯繫上了，雙方瞬間明白了目前的形勢。在知道自己被禿鷲包圍後，阿爾法更是將計就計，將禿鷲的人員全部吸引到一處，讓唐恪辛有機會闖入對方的交易現場，阻止交易。

在唐恪辛出現的那一刻，禿鷲就明白自己落入了陷阱，憤怒地想要殺了阿爾法，而阿爾法和四號卻成功死裡逃生。最後，禿鷲除了救回了邢非以外，一無所獲。

禿鷲對此很鬱悶，顯然他們和陳霖一樣無法明白，身處兩地又無法彼此聯繫的阿爾法和唐恪辛，究竟是以怎樣的默契完成了這次配合？

一個抓住機會，擒住敵方大將作為人質，並在對方反擊時將計就計以自己為誘餌；另一個逃出囚禁後，沒有前往支援看似弱勢的同伴，而是選擇第一時間完成原本的任務。

兩個幽靈的配合可說是天衣無縫，因為他們誰都不知道對方究竟會怎麼做，是否能配合自己的步調。

現在想來，潛入大樓前唐恪辛說的那句話——「既然他們已經幫我掃清障礙」，指的應該就是阿爾法的行動了。他只從老劉那裡得到了一兩句情報，竟然就看破了阿爾法的意圖，這點實在叫陳霖心裡有點不是滋味。

當時若是按照陳霖的想法去營救阿爾法，結果可能反而會讓整個行動失敗。唐恪辛的抉擇看似無情，卻才是正確的。

事實再一次打擊了陳霖，讓他明白自己與這些A級幽靈還差得很遠。

A級？沒錯，阿爾法的身分終於水落石出——U-A002，那個半路失蹤的高級幽靈。沒想到他竟然化名潛伏進陳霖他們之間，只為了狠狠地還擊禿鷲。

從頭到尾，002在整個行動中發揮的作用不容小覷。如唐恪辛所說，這是個智力比武力更可怕的傢伙。

而整次行動，陳霖受到的打擊不可謂不小，回到地下後他暗下決心發憤努力。

不求短時間趕上A級，最起碼也要讓他們把自己看在眼裡。

然而這一切，都是幽靈們離開地表之後的事情了。

太陽升起，地表城市的一切似乎已經恢復正常。沒有人注意到在那個夜晚，曾經有多少人死去，又有多少幽靈湮滅。

除了，偶爾留下的小小痕跡。

「據本臺報導，東市警方最近破獲了一件國際軍火走私案，具體消息……」

公車上播放著最近幾天的重大新聞，背著書包的劉菀宜，卻是一點都沒有聽進去。

她的思緒時不時會飄到那個夜晚，那個在路燈下看見一個熟悉身影的夜晚。像著了魔般，那個身影總是無法從她腦海刪除。

下了車，劉菀宜走進社區。

最近實在發生太多大事，破獲軍火走私案、市區內酒吧的無名爆炸案，整個城市的居民都因此議論紛紛起來。

劉菀宜停在自己家門前，準備開門時，眼神瞥到了對面的防盜門。

在這麼多大事中，火鍋店老闆和他的妻子搬離社區似乎只是一件微不足道的小事，連社區內一向喜歡八卦的大嬸們這次都沒有關心。

劉菀宜卻是暗暗記了下來。自己看見酷似父親的人影的第二天，這對夫妻就搬走了。

這一切究竟是巧合，還是有什麼不為人知的關聯？

女孩轉動鑰匙，進屋。

喀嗟一聲，大門在她身後關上，又是一天結束了。

而黑夜，才剛剛開始。

Chapter 13

然後圖南

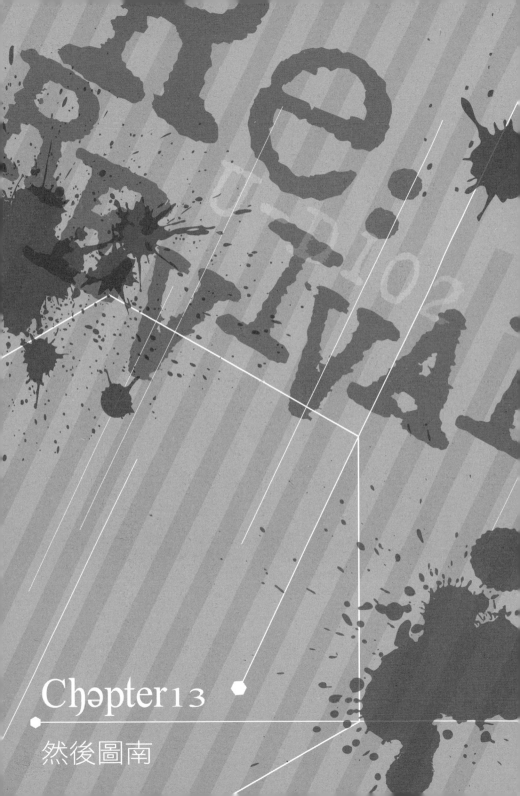

鯤鵬，傳說中的生物。

入海為魚，飛天為鳥，其翼垂天，圖南而去。

常人只當它是神話，一笑而過，卻不知道在現實生活中，真的存在「鯤鵬」。

他們是與眾不同的另一種人。

自上一次超大型任務回來，陳霖回到地下已經快一週了。周圍的幽靈表現得就好像什麼都沒發生過一樣，繼續過著他們枯燥重複的生活。

禿鷲的陰謀、性格奇詭的邢非、神祕莫測的老貓、黑夜中偶遇的老劉、冷漠決斷的唐恪辛，還有，陳霖第一次殺人……這些記憶好像都化作雲煙，離他很遙遠了。要不是他的等級因為這次任務而晉升了一大截，他甚至會以為那些只是一場夢。

U-C419，這是陳霖現在的排名，他不太喜歡這個數字，不過也沒辦法。

因為在那次任務中多少發揮了些作用，於是他成為了為數不多的幾個得到晉升的幽靈。

至於唐恪辛？按他自己的話說，自從升為A007的排序後，他的排名有整整三年沒動過。升到A級以後，排名就不僅僅是簡單地能靠任務提升了。

好比阿爾法，現在該稱呼他為A002。單論個體戰鬥實力，他或許不如唐恪辛，數字編號卻比唐恪辛靠前很多。這意味著，他在其他方面有比唐恪辛更優秀的地方。

這一週，陳霖過著周而復始的地下生活。早上，出去做一些簡單的工作，晚上，回到房間後接受唐恪辛的特訓。

被阿爾法嘲諷後，陳霖對於訓練的熱情一下子高漲起來，弄得唐恪辛都有些莫名其妙。

然而平靜的日子很快就過去，不，或者說，註定不平凡的未來一直在等待著陳霖。就在這一天早上，陳霖接到了調令。

調令通知他去參與培訓。通知上僅有集合的時間、地點，其他消息一絲也無。

陳霖反覆看了幾遍，真的沒有其他資訊，差點以為自己是被人耍了。倒是唐恪辛，得知陳霖接到通知後，有了不一樣的反應。

「竟然提前了？」唐恪辛蹙眉。

「什麼提前？」陳霖不解，難得在唐恪辛臉上看到了肅然的表情。

「這種特訓，是為了培養有才能的新晉幽靈，每三年一次。」唐恪辛道：「據我所知，上次特訓是一年前的事情。為什麼這次提前了？」

陳霖的注意力卻轉移到另一點上。「特訓，新晉？就是說相當於精英培訓了？」

「你可以這麼理解。」

「會不會是因為這幾次任務折損的幽靈太多，所以才想要提前特訓，彌補人手損失？」

唐恪辛皺眉，在他看來原因不可能這麼簡單。他敏銳地察覺到了其中不對勁，卻又無法細究。他將視線轉向陳霖，突然發現，似乎從遇到這位新室友開始，地下世界的許多事情都脫離了平常的軌跡。

究竟只是巧合，還是……

砰！砰！

就在兩個幽靈陷入思考之時，敲門聲不合時宜地響起。來者力氣很大，擂鼓般的聲音迅速在房間內迴盪。

唐恪辛眉頭微蹙，有些不耐。陳霖知道再任由那個不速之客敲門的話，唐恪辛很可能會直接一刀砍過去。為了大門著想，順便也顧及一下那位不速之客的人身安全，陳霖迅速起身開門。

「是你？」看見老么，陳霖有些意外，似乎又不該意外。現在會來找他的也就這幾個幽靈了。許佳還在工作中，那就只剩下老么。

不過，看見老么背後的那個身影，陳霖才是真的驚訝。

那是一個穿著黑衣的男性幽靈。單論打扮，他和唐恪辛有七分相像，但兩個幽靈的氣質截然不同。

唐恪辛像是一把透著寒氣的刀，這個黑衣幽靈卻是一團火，掩藏在他冷漠的面容下，是誰都可以看得出來的熊熊火焰。

實際上，這個傢伙陳霖也認識，正是上次打壞了桌子，被唐恪辛勒令扛一副新家具來賠的那一位。當然，他們還有圍繞唐恪辛所養的烏龜而發生的一段孽緣。

「怎麼？」老么對陳霖一笑，「不方便請我們進去坐坐？」

「不方便。」陳霖還沒出聲，唐恪辛已經毫不不客氣地拒絕。

老么卻像是不聞不見一樣，繼續對陳霖說，「事實上，這次來找你是為了正事。你剛才收到通知了對吧？和它有關。」

陳霖猶豫了一下，還是讓開路。

「進來說吧。」

老么愉快地進屋了，在他身後的黑衣幽靈一進屋就盯著唐恪辛看，眼神火熱得就像在看裸體美女。當然，在場至少有兩個幽靈知道，這個戰鬥狂對一場酣暢淋漓的戰鬥的狂熱，遠勝過對異性的渴望。

「關於特訓的真正目的，想必有人為你解釋過了。」老么看了一旁的唐恪辛一眼，道，「而我們這次來找你，就是為了特訓的事。」

「難道你們也要參加特訓？」陳霖問。

老么搖頭。「不會，我們這些老傢伙，沒必要再去參加一次。事實正相反，我們會擔任某些訓練項目的教官。」

「既然這樣，我不知道你找我到底有什麼目的。」陳霖目光轉冷，「或者說，我不認為我能帶給你什麼好處。」

「敏感的傢伙。」老么笑了，「我的確是來找你交易，你也不用擔心你給不起我好處。好吧，在拒絕之前，你難道不想先聽一聽我們的交易內容？」

陳霖沒有點頭，但也沒拒絕。

老么接著往下說：「三年一次的特訓提前到來，不少人都覺得奇怪。為什麼這麼急，上次培訓的人員已經消耗殆盡了嗎？他們是怎麼挑選這次參訓的人選？不知道你有沒有仔細考慮過這些？」

陳霖沒有反應，他也不想被老么看出自己的動搖。

「好吧，就算對這一切你都無動於衷，但總有一個問題，你要想一想吧。」老么頓了頓，道，「該怎麼從這場特訓中存活下來，成為活著的那個。」

陳霖的瞳孔瞬間縮了一縮，他被老么語氣裡的寒意所驚。難道特訓竟然還危機四伏，隨時都有性命之憂？他看了唐恪辛一眼，剛才同居人可沒提到這點。

「正如你所想。特訓的確很危險，每次能完好無損通過培訓的傢伙，十不足一，而能活下來的，命運都有了天翻地覆的變化。不知道，你想不想成為這其中一個呢？」老么的話語帶著蠱惑的意味。

聯想到他之前說自己會擔任特訓的教官，陳霖片刻便明白過來。

「你要幫我作弊？」

「不，不，別說得這麼難聽。」搖晃著食指，老么笑道，「這只是一場交易，互取所得，互利互惠，多麼完美。我們會提供你一些小小的幫助，讓你有更大的把握。當然能不能順利通過特訓，主要還是看你自己。」

「那我呢？」陳霖問，「為了償還這些幫助，我要給你們什麼？」

「絕對在你能力範圍之內。」老么道：「只是一些小小的回報。例如，當你算計某些傢伙的時候，別把我們算在內。當有好處可分的時候，稍稍也照顧一下我們。僅此而已。」

陳霖睜大眼，簡直不敢相信。

「只是這樣？」

「已經足夠了。不過你要是想多給一些，我們也不介意。」

陳霖現在覺得，老么一定是精神不正常了。他說這是交易，但陳霖覺得與其說是交易，還不如是說一次示好。看看他說的那些條件，顯然是在討好陳霖。

以陳霖現在的實力，哪有資格讓這些幽靈討好？難道是因為唐恪辛？為什麼不直接去討好那個傢伙？陳霖的眼神有些狐疑。

「我知道這個消息具有衝擊性，不急於一時。」老么道，「你有好幾天時間，請慢慢考慮吧。」說完他便帶著還在火熱注視著唐恪辛的黑衣幽靈，大步離開房間。

從始至終，一切都是老么在主導的模樣，他自信滿滿，相信陳霖絕對會答應他的條件。

而離開房間後，一走出陳霖的視線，兩個幽靈之間的氣氛陡然一變。

「這是你想出來的主意，為什麼要我來說？」老么抱怨，「從頭到尾，你只是站在那充當布景板！」

黑衣的傢伙收斂住眼中的火焰，緩緩道：「你沒看見剛才你與陳霖說話時007的眼神，好像要把你大卸八塊。我可不想被他記仇，要是以後他因此拒絕我的挑戰邀請怎麼辦？」

老么發誓，現在自己臉上的笑容一定很難看。因為他心裡恨不得把身旁的傢伙立刻大卸八塊，只可惜他沒這個實力。

「說起來，你真的這麼看好陳霖？」老么轉移話題，「雖然我也認為他很有潛力，但是這樣的小角色現在還不能影響到我們吧。」

「實力不僅僅是看個體，還要看他周圍的關係。」

「你是說唐恪辛會站在他那一邊？怎麼可能，那個傢伙向來誰都不理！」

「沒有什麼不可能。」黑衣幽靈先走一步，「世界隨時都在改變，哪怕下一秒有人告訴我唐恪辛和那個小子是一對Gay，我都不會奇怪。」

「你的想像力已經突破天際了。」老么汗顏。

黑衣幽靈走了幾步，突然道：「你知不知道『鯤鵬』？」

「什麼？」

黑衣幽靈像是自言自語般，繼續道：「世界上有一類人，就像鯤鵬一樣，生來便與其他人不同。」

他認為，陳霖就是這種人。

他的一舉一動，最後，都會掀起一陣狂風巨浪。

而此時，陳霖和唐恪辛的屋內，的確正在掀起一片無聲的狂風巨浪。

那兩個傢伙走了以後，唐恪辛的臉色黑得不能再黑，當晚甚至破天荒地沒有幫陳霖做晚飯。

陳霖反思，自己是哪裡招惹他了？一直餓著肚子想到第二天早上，他都沒有想明白。

Chapter 14

所有物

地下世界是一個等級分明的金字塔世界，最底層的是許多像最初的陳霖那樣的普通幽靈，塔尖則是向來很少出現在人前的神祕管理者。

管理層幾乎從不出現在人前，對於大多數幽靈來說，更有權威的反而是A級幽靈。而唐恪辛，正是其中一位。

作為近年來冉冉升起的一顆新星，也是最為人所忌憚的職業者，唐恪辛很久沒有體會到事情超出掌控的感覺。而這個超出他掌控的事物，偏偏他還不能輕易抹消——那就是他的新室友，陳霖。

對於陳霖，唐恪辛的態度很複雜。

這傢伙行事常常超出他的預測，遠的不提，就好比剛才，陳霖在他面前和老么商量著所謂的交易，還幾乎無視他了。

本來唐恪辛不應該在乎這點小事，然而不知為何，他很不滿意，對於陳霖的忽視非常不滿意。

他想要給陳霖一個教訓，卻又找不到光明正大的理由——畢竟，唐恪辛認為自己是個「講道理」的人，不能無緣無故地欺負室友，所以他只能選擇沉默。

「咳咳。」在陳霖快被壓抑的氣氛逼得窒息前，他找到了一個好話題，「嗯，對於剛才老么的事，你怎麼看？」

唐恪辛的眉毛微微抬起，看向陳霖。

「你問我？我的意見對你重要嗎？」

「當然重要！」陳霖說，「我不信任老么，很難相信他的說辭，又無法確定他是不是真的在算計我。想來想去，在這裡我能商量的只有你了，不是嗎？」

不知這句話哪裡說動了唐恪辛，屋內壓抑的氣氛驟然緩解，就像瞬間從嚴冬變回了暖春。

唐恪辛坐到自己的床上，忍不住用手輕撫放在床邊的佩刀。這是他心裡愉悅時的表現。

「你不相信他們是明智的。」他說。「這裡根本不存在所謂的盟友，幽靈之間都只是互相利用的關係。即使他們說能給你好處，你最好也防著他們。以你現在的實力，很容易被所謂的盟友在背後反咬一口。」

和給人的少言寡語印象不同，唐恪辛十分善於思考，發現規則。他並不是那種武力值高過於智力的簡單暴力角色。

「你的意思是，我不該和他們做交易？」陳霖問。

「為什麼不？」唐恪辛道：「難得有人將好處送上門來，為什麼不要？」

「可你剛才說……」

「我說的是以你個人的實力來看不適宜結盟，又沒有說你不適合結盟。」見陳霖沒有理解，唐恪辛輕咳了一聲，繼續道，「你已經擁有一位強大的盟友，其他幽靈不敢輕易打你的主意，你就放心利用他們好了。」

「強大的……盟友？」陳霖視線轉移到唐恪辛身上，見到對方略微有些不自然的神色，恍然大悟，心裡好笑道，「這麼說，你願意幫我？」

「勉勉強強。」

「那我需要付出什麼呢？」陳霖還沒天真到認為唐恪辛願意無償幫助自己。

唐恪辛的視線在陳霖身上轉了一圈。

「說實話，你身上沒有什麼我看得上的東西。」

「是嗎？」陳霖無奈，「那你豈不是做了虧本買賣？」

「現在沒有，不意味著以後沒有。既然有這麼多傢伙看好你的潛力，我也可以期待一下你的未來。把手伸出來。」唐恪辛說。

見他神色認真，陳霖以為有什麼重要的事，聽話地伸出手。

「右手！」

換成右手伸出去。

喀嚓一聲，剛伸出去的右手，被唐恪辛拷上了一個手銬一樣的環狀物。陳霖微驚，試著想要摘下來，那黑色手環卻紋絲不動。

「這是什麼！」

「一個記號。」唐恪辛漫不經心道：「標明你是我的所有物，像是阿慢身上也有差不多的東西。這個是專為你做的。」

阿慢，就是唐恪辛養的那隻神奇的烏龜名字。聽到自己的地位等同烏龜，陳霖心情難免有些複雜。

「我不記得我什麼時候成了你的寵物！」

「你不是寵物。」唐恪辛道，「你不具備寵物的娛樂價值。」

聽見自己連寵物都不如，氣得陳霖想要摘下手環。

唐恪辛勸誡道：「不要白費力氣。這是特製的，如果由我以外的人摘下來，會立刻引爆裡面的微型炸彈，爆炸強度足夠把你炸成一堆碎肉。」

陳霖的手立刻僵住，他很想痛揍一頓唐恪辛，如果他能做得到的話。

「別這麼看著我。」唐恪辛皺眉，「這是為了你的安全著想。」

「安全？」陳霖挑眉，「帶著一個隨時會引爆的炸彈？」

「只要不強制摘下它，它就很安全。裡面有衛星定位系統，可以讓我隨時知道你在哪，還有加密的通訊頻道，能在同一系統的終端內發送訊息。現在這個系統內只有兩個終端，一個是這個手環，還有一個──」唐恪辛指著自己脖子上的黑繩，上面掛著一個只有指甲大小的金屬吊飾。「在我這。」

「這樣我可以隨時聯絡你，也不需要擔心你走丟。你豈不是很安全？」

安全個屁！陳霖想爆粗口，但看著唐恪辛淡然的黑眸，什麼話都說不出來。

他只能半妥協道：「戴上這個，以後我要是陷入險境，你會來幫助我嗎？」

「如果我有空。」

聽見這麼敷衍的回答，陳霖幾乎快忍不住自己的火氣。還好唐恪辛接著又加了一句，「不過根本沒有這個可能，我不可能讓你在我的眼皮底下被別人抓走，或陷入麻煩。」

聽起來像是說大話，但是從唐恪辛的嘴裡說出來，卻莫名讓人心安。的確，以這位地下世界數一數二的殺手的實力，若有誰想要在他眼皮底下搶人，實在是難如登天。

給陳霖做上記號後，唐恪辛的心情一下子好了許多，甚至話也多了起來。再看著手上的黑色手環，陳霖索性放棄掙扎，開始熟悉它的功能。

越研究他就越驚奇，這看似手環的東西，竟有著意想不到的精緻做工，所使用的技術也很尖端。

「你在哪裡找到這個的？」他忍不住問。

「訂做的。阿慢也有，不過不能和我傳訊息，只有你的能和我聯繫。」唐恪辛解釋道。

陳霖很想翻白眼，廢話，烏龜又不會說話發訊息，怎麼和你聯繫？

「我是問你，在哪裡訂做的？誰都可以做嗎？」

唐恪辛明白了他的意思，一雙黑眸注視著陳霖，緩緩道：「不，只有我們可以。」

他說的「我們」，指的不是他和陳霖，而是A級幽靈。

陳霖眸光微閃，似乎有不甘，也有期盼。

「等級越高，就會有越多的特權？你們是不是還擁有更多旁人不知道的資源？」

唐恪辛沒有點頭。

「你想錯了一點。我們得到這些資源，是因為我們付出得比一般幽靈更多。」

他在警告陳霖，不要只想著好處，萬事都有它的兩面性。

「這些好處足夠叫人奮鬥了。」陳霖還是不放棄道，「最起碼在資訊獲取這方面，關於這個地下世界，你知道的就比我多得多。」

「你想知道什麼？」

「很多，很多。」陳霖眼中閃過複雜的光。「我想要知道的事情，太多了。」

從他來到這裡的那一天起，他就從來沒有放棄過追問，追問這個世界的真實，追問這裡的祕密，追問……他為何會來到這。而現在，他想要知道的事情變得更多。

俗話說，好奇心會害死貓。陳霖覺得，自己正是那隻甘心赴死的貓。他的好奇心已經快要膨脹成一個無底的黑洞。

唐恪辛看著他：「有時候不知道真相反而會更好。」

「已經知道真相的人，才會以高高在上的語氣這麼說。對於一無所知的我來說，追求真實，就是我現在活著的目的。」

唐恪辛沒有反對，也並不贊同，他們的對話就這樣結束。關於真相和能力的辯論，最後誰也沒有勸服誰。

不久後，集合特訓的日子，也很快到來。

接到通知的陳霖算好時間準備出門，而唐恪辛一大早就不在房間。一直以來都是如此，他本來不應該大驚小怪，可是意外的是，唐恪辛竟然把他的寶貝長刀丟在屋內，自己不見蹤影。

他去哪了？

抱著這個疑惑，陳霖和其他收到通知的幽靈一起，抵達特訓的集合地。

照例，還是地獄柱。

地下世界的重大活動，幾乎都在這裡舉行。

地獄柱裡已有不少幽靈。最後等幽靈齊了，總計一共來了兩百多位。按照老么的說法，這兩百多個幽靈裡，能成功通過特訓的不到十分之一，只有二十個左右。

陳霖悄悄握緊拳，他一定要成為這十分之一！

特訓的幽靈來齊後，負責訓練的教官們才姍姍而來。周圍的幽靈們逐漸騷動起來，在這一片嘈雜中，陳霖突然感覺到手腕上的震動。低頭一看，黑色手環正輕微地震顫著。

「十點鐘方向，一百三十公尺。」

上頭顯示一個莫名的方位，陳霖抬頭去看。

下一秒，他的嘴不禁微微張大。

只見前方幾位教官中，唐恪辛正雙手環抱，站在一個不引人注意的角落。與他同在一塊的是阿爾法，旁邊是老么等B級幽靈，以及許多陳霖不認識的面孔。

一直觀察者陳霖的唐恪辛注意到他驚訝的視線，似乎微微掀了掀唇。

「沒錯，我也是教官之一。驚喜嗎？:D」

驚喜個頭啊！

見鬼般地看著最後的顏文字，陳霖只覺得渾身的汗毛都要豎起來了。

由唐恪辛和阿爾法這兩個另類A級率領，難道還有可能會是一次普通的特訓嗎？

伴隨著不妙的預感，特訓正式開始。

Chapter 15

就是你們

所有經歷過集體生活的人，想必都有這樣的經驗。

在學校或是公司或者別的組織的安排下，一大堆人像是牲畜聚集在一起，猶如棋盤上的棋子一樣整齊地排列著。百人，千人，乃至萬人，在一個絕對的權威下被指揮著如同一人般齊整。

個人服從於集體的場面，陳霖自小以來看得多了，但是他沒有想過，當數量超過兩百的幽靈們聚集在一起，竟然會是這麼一幅情景。他們整齊，卻沉默得令人害怕。

這是一場集會，也是一次不留情面的競爭。

當然，地下世界的競爭，失敗者不僅僅是被淘汰出局這麼簡單，他們面對的可能是更可怕的下場。無論從哪個方面來看，陳霖都要奮鬥到脫穎而出不可。

而站在面前的幾位A級教官，就是決定他們命運的人。

教官之一唐恪辛，陳霖的同居室友，關係似好似壞，總的來說沒有惡意。

教官之二阿爾法，A002，曾與陳霖並肩作戰，但對陳霖並無太大好感。

至於第三位教官，是一個不熟悉的面孔，看來又是哪位未曾露面的A級幽靈。

在這三名頂級教官背後，還站著諸如老么等B級，他們在特訓中的地位，應該是要執行A級指派的任務，並負責具體實施吧。

然而此時，站在一群等待命運安排的幽靈之中，陳霖時不時地收到來自其中一個教官的訊息騷擾。至於那個曾經讓他驚嚇一時的顏文字，唐恪辛看起來並不常使用。即使如此，他在訊息中所使用的語氣和句子長度，還是與平時說話截然不同。

「在我旁邊的是U-A004，就是上次行動中失蹤的那個。不過令某些傢伙失望了，他並沒有死，自己從海裡爬回來了。」

看著這明顯調侃的語氣，陳霖抬頭看了那位「失蹤的004」一眼，只覺得那是個比唐恪辛還要少言寡語的傢伙。

「為什麼我覺得站在這裡的人，都多少和上次的行動有關？你是，阿爾法也是，這個四號先生也是。」

他發給唐恪辛的訊息，幾乎沒過幾秒就收到了回覆，如下：

「很好的問題，我想這不是巧合。」

「你也不知道原因？」陳霖看著訊息蹙眉。

這次久久沒有收到回覆，陳霖抬頭看去，阿爾法正站在唐恪辛身邊，不知在和他說什麼。似乎注意到了陳霖的視線，阿爾法微微側頭朝這個方向看了一眼。

明明那道視線沒有直接掃到自己身上，陳霖依然覺得自己像被刺中了。阿爾法的眼神中，就帶著這樣凌厲的寒意。

不知道為什麼，陳霖感覺這個曾經隱姓埋名潛伏在自己身邊的002，並不喜歡自己。

他什麼時候招惹到這位了？

正在他出神思考時，B級幽靈中有人向004投去示意的詢問，得到肯定後，便站出來高聲大喊：「注意！下面的規則我只說一遍，也只提醒你們一次！若是誰沒有遵循規則，不小心把自己弄掛了，也別來怨我們！」

原本就很安靜的現場，瞬間靜得呼吸可聞。

「我簡單地說明。一共有三名A級教官負責這次訓練，還有六名B級教官負責輔佐。也許你們有的傢伙已經猜到了，是的，這次特訓將分為三組。每一位A

級搭配兩名B級教官負責帶一支隊伍。這三支隊伍會參加各項訓練，具體內容現在還不能告訴你們，而最後成功通過訓練的傢伙不會超過二十個。」

說明者繼續道：「我不打算贅述這次特訓的難度，只有一句話勸告你們——盡全力，如果想活下來的話！」

氣氛變得更加肅穆了，看來這番衝擊性的發言給了所有特訓參與者不小的震撼。不過，無論在哪裡都不缺乏有膽量的傢伙。

「我想知道，按照什麼分成三組？」就在這一片寂靜中，有幽靈提問。

「怎麼分？你們以為自己還是幼稚園的孩子，需要我們餵奶嗎？當然是自己搞定！只要保證最後是三組就可以。」

幾乎是在聽到這句話的瞬間，幽靈們就開始互相打量附近的傢伙，為自己物色起同伴。人緣的好壞，也就在此時體現出來。

陳霖算是新一批的幽靈，平時又不怎麼和其他幽靈相處，當超過百分之八十的幽靈都組好了隊伍時，只有陳霖還獨自一個站著。

不是他想獨行，而是周圍根本沒有人邀請他。對於這陌生，看起來武力值又不怎樣的傢伙，附近的隊伍沒有誰對他有興趣。

就在陳霖暗暗叫糟，心想自己該不會被剩下來時，一個絕對熟悉到會讓他耳朵生繭的聲音響了起來。

「想不到你也在這啊！」

回頭看去，果然是盧凱文。

從來沒有哪一次，陳霖像現在這樣慶幸自己能遇見這個聒噪的傢伙。

盧凱文身邊跟著二十多個幽靈，看來正是這位好人緣的傢伙所屬的隊伍。

「陳霖，你也參加這次特訓？有隊伍了沒有？」

正等你問這句話呢。被人嫌棄的陳霖裝作不在意道：「其實，我正準備去加入某個隊伍。」

「那就是還沒有隊伍咯！那好，加入我們吧，正好還缺人手。」一點也沒有詢問陳霖的意思，盧凱文豪爽地將陳霖劃進自己人範疇，他身後的那些幽靈似乎也沒有表示反對。就是這樣，陳霖總算沒有落單。

入隊後，陳霖打量自己的隊友。掃視一圈後，他略略放下心來，最起碼這裡面大都是身強力壯的男性，從第一印象來看並不會落後於其他隊伍。當然，人數除外。

他們算是目前人數最少的一支隊伍，加上陳霖也湊不夠三十。而讓陳霖驚奇的是，這群幽靈似乎每個都和盧凱文頗熟悉。

他不由得有些羨慕盧凱文跟誰都能聊得來的「技能」了。

「我認識你。」

耳邊突然響起一個陌生的聲音，陳霖回頭，一個從沒見過的幽靈正看著自己。

「我們見過？」他問。

「你沒有見過我，但是我知道你是誰。」這個陌生的幽靈道，「你是『隊長』，是吧？」

「隊長」這個稱呼，現在也只有許佳會喊了。陳霖立刻明白眼前這個幽靈的身分。「你認識許佳？」

「很巧，我是上次行動時她的搭檔。對你可是久仰大名。」

這句話裡的嘲諷之意，陳霖當然聽出來了，他想不通自己到底是哪裡得罪了這個傢伙。阿爾法也是，怎麼他們都看自己不順眼呢？

「你沒有得罪我，是我自己的原因。你恰好是我最討厭的那種類型。」看出陳霖的困惑，這個陌生的幽靈道，「不過既然在同個隊伍，以後只能合作了。我是胡唯，希望你不要因為我說的這番話而影響了之後的團隊合作。」

既然知道會影響，那你還說出來做什麼？

陳霖心裡吐槽，還是握住他伸出來的手。

「陳霖，我的名字。相比起來，我更想知道你為什麼討厭我。」

胡唯看著他，瞇起眼睛道：「你知道像你這樣的人總有一個特點嗎？」

「特點？」

「看來你沒有自知之明。」胡唯冷笑，「一個極不安分，又有可能影響到我的人，難道我不該防備？」

陳霖不知是該生氣還是該苦笑。

「我不覺得我能影響別人。」

胡唯冷哼一聲。

「所以說，沒有自知之明的傢伙更可怕。」

好吧，陳霖決定保持沉默。如果繼續聊下去，也許會更加深胡唯對自己的負面印象，他可不想因此對隊伍的合作造成影響。

三組很快就分好了。最多的一組有近一百名幽靈，另一組也有八十個，只有陳霖他們的隊伍人數最少，不到三十。

單論數量而言，他們輸定了。但是陳霖不認為，這次的特訓只是單靠人數來定勝負。

分好組，教官們開始挑選自己要帶的隊伍。三位A級幽靈圍在一起，誰也不知道他們在商議什麼。

半分鐘後，阿爾法第一個脫離討論圈。

他從臺上一躍而下，嘴角還帶著一份笑意。在他身後，四號先生和唐恪辛都面無表情，陳霖卻敏感地發現唐恪辛眼中隱隱流露出的一絲不快。

「願賭服輸。剛才我贏了，由我先選。」阿爾法拍著唐恪辛的肩膀。

A002繞場一周，似乎在考慮該選擇哪支隊伍。最後他的目光停留在其中一組，嘴角微掀。

「我選好了。」

我選好了！

直到人已經站在這片樹林之中，陳霖耳邊好像還迴響著阿爾法當時的那句話。

阿爾法手指毫不客氣地指了過來，眼神像是盯上獵物的巨蟒，將他們這隊幽靈給牢牢鎖定。沒錯，大名鼎鼎的二號，似乎看陳霖頗不順眼的阿爾法先生，選擇的隊伍就是陳霖所在的這一組。

好像很意外，其實有跡可循。

陳霖自問，如果自己想要整一個人，最好的方法是什麼？

當然就是將那個人掌控在手心，這樣搓圓捏扁都隨自己的意願。很明顯，阿爾法也深諳此道。

一邊和周圍的隊友撥開枯草向林子深處邁進，陳霖一邊想，落到阿爾法的掌控之中，僅從目前的處境來看，絕對是噩運！

分組結束，三支隊伍就被三名A級教官帶到了不同的地方，他們誰都不知道自己將被送去哪兒。而陳霖他們，就被阿爾法送到了這個不知位於地球何處的原始森林。

將他們空降到原始森林後，站在直升機舷梯上的阿爾法對著下面二十多雙眼巴巴的眼睛，壞心地笑了起來。

「給你們的第一個考驗，就是在這無人區生活兩週！兩週後，我會過來將還活著的傢伙接走。好好享受這難得的自由吧，小鬼們！」

伴隨著直升機的轟鳴聲漸漸遠去，唯一來自人類文明的聯繫也就此切斷。陳霖所在的隊伍沒有地圖，沒有食物，也沒有經過任何野外生存訓練，就這樣開始了他們的荒野求生。直到直升機消失在視線中，阿爾法狂傲的笑聲似乎還在所有幽靈耳中迴旋不散。

回過神來後，他們要面對的是更加嚴峻的問題——如何生存。

原生森林，意味著無盡的危險，野獸、毒蟲毒草、陌生的環境、食物匱乏等等。在暫時冷靜下來思考後，幽靈們做出的第一個決定，就是盡快找到能夠駐紮的營地。

正因此，現在陳霖和其他幽靈一樣，在荒草幾乎漫過腰部的深林中艱難前行著，尋找一個安全的地方。在他附近，有十名肩負著同樣任務的幽靈，其他幽靈則原地待命，或者去不遠處尋找水和食物，各有分工。

唯一值得慶幸的是他們都不是手無縛雞之力的弱雞，長期在地下世界的生活也磨練了他們的生存技巧和意志。換作一般人，怕是無法像幽靈一樣能迅速冷靜下來，並開始行動。

「兩週……」喃喃念叨著期限，陳霖思考著如何在密林中生存。幸好隨身攜帶了一把匕首，不然他連防身武器都沒有了。

他抬頭，從茂密的枝葉間看見天色漸漸暗了下來。在天空完全變黑之前，他們必須找到安全的駐地。天黑後，森林中的野獸和各種危險會接踵而來。

「找到了！」前方有幽靈高聲呼喊。

所有的視線都向他看去。

「前面有個山洞，出口有一塊平整的岩地，可以駐紮！」

這個好消息很快讓所有隊員振作起來，陳霖也不由得加快腳步，向那個方向趕去。這時候，手腕處傳來的一陣震動驚醒了他。

震動？

他低頭看向黑色手環，差點將這個給忘了！

「在哪？」

打開一看，果然是唐恪辛的訊息。沒想到在這種無人區都可以收到訊號，陳霖愣了愣，感覺就像是在火星上收到來自地球的訊號一樣，一下將他從原始社會帶回了現代都市。

陳霖接著翻閱，發現在這條訊息之前其實還有許多未讀訊息。只是因為之前阿爾法帶給他們的衝擊實在太大了，讓他忽視了手環的消息震動。

一條一條往上翻去，無一例外全部是來自同一個傢伙的訊息。

「出發了沒有？」

「阿爾法猜拳作弊了，我本來可以贏他。」

「人呢？」

「看到訊息就回覆我。」

然後是最新的一條。

「在哪？」

只有兩個字，陳霖卻能想像出對方連發這麼多條訊息都沒有收到回應的不耐煩與煩躁，連忙回覆。

「在測試中，被阿爾法帶到一處無人森林，目前還算安全，具體位置不清楚。」

又一陣震動，唐恪辛幾乎是一秒內就有了反應。

「為什麼沒有馬上回覆我？」

陳霖沒想到竟然會是這樣的質問，苦笑一聲，才發過去。

「太緊張了，之前沒有注意到訊息，抱歉。」

「你們的任務是什麼？」唐恪辛似乎是接受了他的說辭，沒有在之前的問題上糾結。

陳霖將必須在密林中生活兩週的事情告訴他，也希望能得到一些幫助。這次，唐恪辛那邊回覆的時間延長了一些。

「不是普通的無人森林。」

看到這，陳霖愣了一下，繼續看下去。

「——那應該是個無人島。還有，他說的話，你們不要盡信。」

不要相信阿爾法？陳霖看著唐恪辛的回覆，反反覆覆地看了好幾遍。為什麼不能相信阿爾法？還是說阿爾法欺騙了他們什麼？

可是他會那樣做嗎？就算他討厭陳霖，也不會做不利於整個隊伍的事情吧，畢竟他是這支隊伍的負責教官。

陳霖將所想的發過去後，唐恪辛只回了一句話。

「那個傢伙什麼事都做得出來。」

可以想像出唐恪辛說這句話時的語氣，還有看得出來他對阿爾法真的很瞭解。

看來他們關係挺不錯？不知為何，陳霖第一時間想到的竟然是這個。搖了搖頭，將腦中的雜念甩出去，他詢問唐恪辛是否能夠給與幫助。

答案令人遺憾。由於陳霖不能確定他們究竟在哪一座無人島上，唐恪辛能提供的幫助有限。可以說，遇到真正的危險時，陳霖能夠依靠的只有他自己。

結束這一次聯繫前，唐恪辛發來最後一條訊息。

「以後每天早中晚，我都會發訊息給你，你必須及時回信告訴我你的情況。」

就這樣一句話，帶著強烈的命令意味。

陳霖不太喜歡這種被人掌控的感覺，但想到唐恪辛現在是他在孤島上唯一能聯繫到的外援，還是勉強答應了。

「陳霖！快來幫忙！」那邊盧凱文大喊，「我們需要生火，去撿柴火回來！」

將目光從手環上收回，陳霖看著前方忙碌地搭建臨時營地的隊友們，也匆匆參與到建設中去。

當一切都準備完畢，月亮已高懸在夜空。沒有了城市霓虹燈的遮蔽，也沒有地下世界不見天日的岩壁，在這座孤島上，他們可以清楚地看見星辰。

陳霖躺在駐地外的岩石上，眼中倒映著冬夜的星空，卻還在想著唐恪辛剛才發的那些訊息。

「他說的話，你們不要盡信。」

「那個傢伙什麼都做得出來。」

阿爾法，他究竟對這一次特訓謀劃著什麼？

這個看似只是為期兩週的野外生存，突然變得不是那麼簡單起來。然而他周圍的同伴，都還沒有注意到這點。

安排了守夜的順序後，營地就只剩一片寂靜。

陳霖被排到末班，因此他早早入睡。合眼前，周圍樹林茂密的枝幹在夜風吹動下搖曳的身姿一直徘徊在他腦內。就好像在這一片黑暗中，有某種無形的東西在默默窺視著他們。

慢慢地，他進入夢鄉，一切微小的聲音都從耳旁褪去，陷入完全的寧靜。

滴答。

夜霧凝成的水珠順著葉脈滾落，砸在熟睡的人耳邊就像是一聲巨響，一下子將他驚醒。睜開眼，被露水驚醒的人才發現天色早已大亮，陽光落在密林中這一片小小的空地上，像是特地準備的一片舞臺。

盧凱文一骨碌從地上爬起來，在周圍的伙伴中找了一圈，發現少了一個人。

陳霖呢？

「阿唯，你有沒有看見陳霖？」

同樣負責守末班的胡唯聞言，看了盧凱文一眼。

「我回過神的時候，那傢伙就已經不見了，誰知道他去哪？」

盧凱文皺眉，陳霖不是這麼沒有紀律性的人，怎麼會在輪值守班時不見蹤影？

這時候，其他幽靈也漸漸清醒，營地開始熱鬧起來，卻始終沒有誰知道陳霖的去向。

坡地高處的樹葉突然一陣晃動，隨即，一個人頭從枝葉間冒了出來。

不是陳霖還是誰？

盧凱文放下心，忍不住想大罵這個沒紀律的傢伙，可是在他出聲前，陳霖已經搶先開口。

「我往東邊走了一小時。」

這個頭髮上還沾著樹葉的傢伙，用莫名其妙的開場白搶了先。

「然後，帶回了這個。」

只見他手裡有個八隻腳、還在揮舞著大螯的東西——是一隻螃蟹！

「東邊有一條五百公尺左右的海岸。」陳霖說，「這不是一片密林，而是一座孤島。」

在所有幽靈都被這個突來的事實衝擊到的時候，陳霖心裡卻默默地算計著。自己用這樣的方式，將從唐恪辛那裡得到的情報轉述出來，應該也算是在不暴露唐恪辛的前提下，為隊伍做了一些幫助吧。

Chapter 16

只有一句話

海水拍打在沙灘上，留下一道淺淺的痕跡，很快又被下一道海浪湮沒。

大海的腥味撲鼻而來，混雜著身後密林中泥土的味道。直到親眼看見這條長長的海岸線，與陳霖同組的幽靈們才敢相信——這竟然真的是一座孤島！

意料之外的真相讓每個幽靈都有些回不過神來，無人島與無人森林，這可是完全不同的兩個概念。在這座無人島上，就意味著完全與陸地、與外面的世界失去聯繫，不知延綿了多少萬里的海水將他們圍困在地球的一個不知名角落。

這才是真正的與世隔絕。

不少幽靈還無法接受這項事實，對於大多數成員來說，雖然適應了地下世界的幽暗生活，適應了不再以「活人」之姿在世界上存活，但是真正來到一個被封鎖的孤島，體會這種被全世界拋棄的感覺，卻是第一次。

一時間，即使陽光再燦爛，空氣再清新，天空再湛藍，也沒法讓他們產生一絲幸福感。

什麼是活著？當整個世界只剩下你一個人，你會認為自己還是作為「人類」而活著嗎？

在隊友們震驚時，陳霖已經做好了心理準備，開始打量這座島嶼的環境。

並非他心理素質超出常人，而是對他來說，這其實不算是徹底隔絕聯繫的孤島。手腕上的一陣陣顫動提醒著他，他身邊還有一個隨時可以緊密聯繫的對象——唐恪辛。

「中午了。」

這位地下世界殺手之王只發來簡短的幾個字。

陳霖嘆了口氣，回覆：

「晴，已經抵達海邊，目前一切良好。」

「嗯。」

回了這麼一個字後，唐恪辛就再也沒有動靜。

陳霖司空見慣，基本上每次都是這個傢伙主動聯絡，每次也都是他說切斷就切斷，完全不給陳霖反應的機會。除了早中晚，發個類似問候的騷擾訊息過來，唐恪辛就沒有其他聯繫。

還說是外掛呢，一點功能都沒體現出來，陳霖心裡暗道。

與此同時，其他幽靈也都從衝擊中恢復得差不多了。

「喂，我說，這不是件好事嗎？在海邊意味著有更多的食物，還能淨化出淡水，煮出海鹽，至少食物不用擔心了。」第一個反應過來的竟然是盧凱文，這個小子忙不迭給隊友們打氣，「這兩週我們就當作是在夏威夷度假嘛，而且還包下了整個海灘，難道不該享受一下？哈哈。」

不知是不是他的強顏歡笑起了作用，其他幽靈空洞的眼神也漸漸有了神采。

「小盧說的沒錯，這裡應該有很多食物。」身為少數幾個和陳霖一樣沒有失常的一員，胡唯接口道，「這邊地面平坦，視野開闊，有利於我們防禦危險，以後就在這裡駐紮吧。」

他的一席話，一下子帶動了其他幽靈的力量，眾幽靈下意識地掃向四周，尋找有沒有其他具利用價值的物品。

陳霖走過來道：「早上我大致看了一下，這附近的海域有可食用的海魚，淺海底還有一些海底植物，也許可以食用。不過這裡很少有漂流物，應該離大陸棚很遠。」

現在的大海，每時每刻都有各種漂流物在海面長期旅行。有的是人類傾倒的垃圾，有的是沉船上的雜物，還有別的一些東西。這些帶有人類氣息的物品經常順著洋流漂洋過海，抵達世界另一端的某座小島。

而這座無人島上很少發現漂流物，看來應該不是在某個主要的洋流帶，也不靠近大陸棚。

陳霖心中不禁暗罵，該死的阿爾法，究竟把他們帶到了什麼鬼地方？

唯一能確定的是，白天只有一個太陽，晚上只有一個月亮，這裡還是地球，不是什麼外星球。

幽靈的高效率很快體現出來，一部分人去捕魚，另一些開始搭建營地。而陳霖，早上連續從海邊跑了兩個來回，體力消耗得有點大，只能先坐在一旁休息。

由於是他將大家帶到海邊，現在沒人對他的偷懶有微詞。相反，甚至還有幽靈主動走了過來。

看到一雙細嫩的腳出現在眼前，陳霖微微一愣，抬起頭來，才看到了這雙腳的主人——這支隊伍裡唯一的一位女性。

這是一位看起來年紀比許佳大不了多少的女孩，膚色偏深，一頭短髮。如果不是她瘦弱的身材和明顯的身體曲線，陳霖幾乎都要以為她是一個男孩。

「給你。」這位女性隊友遞來一團綠油油的雜草。

陳霖仔細一看──

「藥草？」

以陳霖不多的草藥知識，只能簡單分辨出其中一兩種藥草，不過也足夠了。這女孩，竟然是來送藥給他的嗎？而且應該是在密林中採摘的，一路帶到了這裡來。

陳霖有些受寵若驚，這是他進入地下世界以來第一次感受到所謂的「同胞愛」，當然唐恪辛那種變相的關注不算。

女孩點了點頭，看向陳霖的眼神竟然是少見的清澈。

「你幫助大家找到了海岸，這是感謝。」說著，她又加了一句，「我注意到你受傷了。」

陳霖身上的確有不少擦傷，這是他試著去找海岸時，在密林裡無頭腦地亂走的後果。不過他沒想到，這個隊伍裡竟然還有專職的「醫務兵」。

「謝謝，妳幫了我很大的忙。」

陳霖不客氣地接過草藥。那些小傷口看起來不礙事，但就像跳蚤多了，也是會癢的。

「沒什麼，我只能做到這麼點事。」女孩的臉色黯淡了一下，隨即走開了。

陳霖注意到，她身邊隨身攜帶著其他的不明植物，看來辨識藥草是她的專長，或許也是僅有的一項專長。

——你幫助大家找到了海岸，這是感謝。

腦海內重複著那句話，陳霖的臉色有些複雜。

「哦，真是豔福不淺，我是不是看到了什麼不該看的？」身後傳來調侃聲音。

回頭一看，和他不對盤的胡唯正站在身後，臉上帶著看好戲的神情。

「聽她的口氣，簡直是把你當成了英雄。」胡唯嘲笑道，「幫助大家找到海岸，認清真相。說真的，這真是好大一筆功勞——如果真的是你自己做到的話。」

陳霖不動聲色，「不然呢？還是說，你以為我是聽到上帝的神諭，才帶領你們發現這個海岸？」

「如果真是神諭倒還好，只怕你……」他看著陳霖，眸色漸漸沉暗下來，「我不知道其他傢伙對你是什麼想法，不過在我看來，你只是這個隊伍的不穩定因素。」

「我沒有別的心思。」陳霖解釋。

「就是因為你對這裡的所有幽靈，什麼心思都沒有。」胡唯看著他，又重複了一遍，「什麼心思都沒有。」

陳霖的心跳忍不住加快。

只聽胡唯又道：「還不如盧凱文那個傢伙有用啊。」

不等陳霖反應過來，胡唯已經走遠了，完全不解釋一下剛才說的那句話。

陳霖坐在原地，雙拳悄悄握緊。他看著遠處正和其他幽靈一起忙碌，面帶傻笑的盧凱文。

自己還不如盧凱文？

胡唯究竟是怎麼得出這個結論的？無論從實力還是智力來看，自己都不該是盧凱文的手下敗將啊。陳霖看著不遠處還在傻笑的傢伙，心裡有些複雜。

半晌，他突然想到了什麼，發了一封訊息給唐恪辛。

「在A級裡面，為什麼你不是最厲害的？」

唐恪辛沒有立即回覆，也許是在忙吧。陳霖不等了，站起身，加入建造營地的隊伍中。

他不想再坐著偷懶了，不然又要被胡唯那個傢伙調侃。

一行幽靈收集了附近的樹木斷枝，將一端削尖，到晚上搭起了一個小型的防護柵欄。營地在裡面，有半人高的尖刺和樹枝保護著，會安全一些。

看著盧凱文和其他幽靈打鬧，甚至有時候連胡唯都被他拉出來說笑兩句，陳霖承認，在人緣這方面，自己遠不如他。

不過，其他……

嗡嗡的震動聲從手腕上傳來，唐恪辛終於回覆了。

只有一句話。

「因為我是一個人。」

Chapter 17

星空璀璨

夜晚的星空與大海，數不清的星辰倒映在海面上，像是海裡點起的盞盞天燈。大海與天空混淆了界限，滿目的銀色星光垂天落下，將整座孤島包圍在其中。

營地正中燃燒著篝火，黑煙升空不到幾米，便被夜色吞噬而盡。

林中偶爾會傳來一兩聲奇怪的鳴叫，像是野獸，又像是女人的哭喊。在這沒有多少亮光的夜晚，顯得格外詭祕。

負責守夜的幽靈就坐在離篝火不遠的地方，眺望著遠處黑色的海岸線，耳朵裡卻聽著附近林子的動靜，不敢有一絲懈怠。

孤島的夜景，有一種另類的靜謐，遠離塵囂的美。

必須在這生存兩週，來自地下世界的幽靈們深刻體會到了這座無人島的美麗與殘酷。

在大陸上絕少有機會能看到美麗景色呈現眼前，但幽靈們的興致並不高。

再美的景色，也比不過孤獨帶來的恐懼。即使是幽靈，也仍然有著身為人類的情緒。

今晚輪值守夜的是陳霖和盧凱文。

在這近兩週的孤島生活中，盧凱文可謂是最大地發揮了他的作用——插科打諢，嬉笑怒罵，將原本低靡的氣氛帶動了起來。

而陳霖除了找到海岸，並沒有再做什麼顯眼的事情。

胡唯已經開始懷疑他了，陳霖不想再做更多會暴露自己的事情。這段時間除了與唐恪辛每日三次的固定聯繫外，他很少與人交流。

當然，除了盧凱文。

此刻兩人坐在篝火邊取暖，盧凱文的嘴還是閒不下來。

「你說，這種荒島求生的把戲，究竟是考驗我們什麼？」撥弄著樹枝，盧凱文道，「這座島上好像沒有大型野獸，食物也充足，這樣算得上是考驗？」

陳霖沒有說話，他也不知道阿爾法究竟是怎麼想的。

除了一開始的驚訝，這次無人島的生存考驗對於這幫久經生死的幽靈來說，並沒有挑戰性。

「明天就是兩週的最後一天了，見到我們全員過關，那個臭屁的教官會不會驚訝得下巴都掉下來？」盧凱文幸災樂禍地想著。

考驗即將結束，除了中途應付幾隻誤闖的野獸外，並沒有太大的危險。

阿爾法就這樣放過他了嗎？

不知為何，陳霖心中隱隱有些不安。

阿爾法離開時的笑聲，總覺得帶著陰險的意味在內。而且唐恪辛也說過，這個傢伙不可以相信。

真是說曹操曹操到，心裡才想到唐恪辛，這位室友的定點晚間訊息就發了過來。

就在陳霖低頭查看訊息的空檔，盧凱文好奇地湊了上來。

「你每天都在摸這個手環，是很重要的東西嗎？」他眼中盡是疑惑，「可是上回出任務，你身邊還沒有這玩意兒啊。」

手環的螢幕設置得極為巧妙，從其他方向看都只是普通的黑色金屬而已，只有佩戴者的角度能看到上面的訊息。

「啊！我知道了！」恍然大悟般，盧凱文偷笑道，「這一定是很重要的人最近才送給你的禮物，對不對？」

「誰說是重要的——」陳霖剛想反駁，卻突然發現自己的反駁站不住腳。唐恪辛是他在地下世界第一個親密接觸的幽靈，而且又是同居人，用「很重要」這個詞來形容似乎並不為過。

「哈哈，被我說中了吧！」

「只是普通的朋友而已。」陳霖掙扎道。

「普通的朋友？普通朋友送的東西，你會早中晚像吃飯似地查看三次，睡覺都還不離身？」盧凱文嗤之以鼻。

見陳霖不可承認，他又換了一種方法問。

「好吧，那我問你，送你手環的人，是不是告訴你一定要小心保管它？」

陳霖想了想。唐恪辛是這麼說的，如果這個手環不經他的手摘下，會在第一時間爆炸。

「他說，其他人都不能碰。」

「你看你看！你還說你們沒關係！」盧凱文完全興奮起來了，「那我再問你，當你看見這個手環，會不會第一時間想起對方？」

這不是廢話嗎？

每次看這個手環都是在和唐恪辛通訊，不想他還會想誰？

陳霖沒有出聲。

不過盧凱文這個八卦高手，完全從他的表情中得知了答案。

「一定有想！我說的對不對！好，最後一個問題。」盧凱文正色道，「對於現在的你來說，這個手環是不是很重要？甚至比自己的性命都重要？」

這個問題，該怎麼回答呢？

無論是從手環上稍微輕舉妄動就會爆炸的微型炸彈來看，還是從目前這是唯一聯繫外援的通訊工具來看，陳霖都巴不得把這個手腕小心翼翼地看管起來。從某種意義上來講，他的性命的確和這手環息息相關。

陳霖不太情願地點了點頭。

盧凱文開心地大笑，衝上前握住陳霖的雙手，用力地搖了幾下。

「兄弟啊兄弟！易求無價寶，難得有情人啊！你一定要好好珍惜這位姑娘，百年好合，早生貴子啊！」

陳霖很煩躁，還有些無奈。

「他不是姑娘……」

「什麼！沒想到兄弟你還好這一口。」盧凱文趕緊雙手捂胸，瞪大眼睛，不過隨即又放鬆下來，一臉嚴肅地拍了拍陳霖的肩膀，「放心吧，兄弟我不歧視你，一切都是你自由的選擇。要說為什麼的話，因為——」

盧凱文做出一個擁抱天空的姿勢。

「真愛是沒有界限的，所有的愛都應該得到世人的祝福！」

「噗哈哈哈！」

他們身後傳來一聲忍無可忍的大笑。

胡唯不知什麼時候走了出來，正捧著肚子大笑不止。

「嚴肅，嚴肅！」盧凱文指責道：「雖然陳霖和我們的性取向有那麼一點點不同，但這不是我們嘲笑他的理由。作為同個小隊的成員，我們應該……」

「盧凱文。」陳霖終於忍不住了，「胡唯是來換班的，你可以去休息了。」

「嗯？時間過得這麼快？好吧，那我先走了。陳霖你慢慢想，放心，我會一直支持你的！」

直到那個活寶爬進臨時搭起的草棚裡，陳霖額角的青筋還是沒有消去。他看著笑到肚子痛的胡唯，不冷不熱道：「這就是你說的比我強的傢伙？」

「這個嘛。」抹去了眼角笑出的眼淚，胡唯隨地一坐，「從某些方面來講，他是有些脫線。不過至少在這個團隊裡，他能起的作用比你多得多。」

「至少我不會拖後腿。」陳霖道。

「你是不會拖後腿，甚至還能幫得上忙，但遇到困難的時候，你肯定不會出手相救吧。」胡唯的臉色冷淡下來，「團隊裡最危險的就是你這種獨善其身的傢伙。你什麼時候會拋棄我們，誰都不知道。」

「……我一直以為，幽靈沒有團隊意識，頂多只有互相利用。」陳霖說。

「是啊，利用、背叛。別說我們，那些普通人，不也一直在這兩者間存活嗎？」胡唯道，「世上絕大多數的人就是這麼活下來的，這是真理。但是你的利用裡，缺少了一樣東西。」

「是什麼？」

「感情。沒有感情的利用關係，很脆弱，一碰就碎。就像是茅草做的屋子，風一大，就散架了。」胡唯抬頭，不知在看著哪片星辰，「我問你，如果明天這個團隊遇到了意外，或者是難以想像的困境，你會不會出手相助？」

陳霖沉默半晌，沒說話。

他明白以自己一人之力，根本不可能力挽狂瀾。明哲保身，才是最理智的做法。

他一直以為胡唯也是這種人，不過剛才的一番話，完全推翻了陳霖的推測。看不出來，胡唯竟然是個感情用事的傢伙。

「不是感情用事，而是在這個世界上，如果你不付出感情，根本不可能辦成什麼事。」像是陳霖肚子裡的蛔蟲，胡唯恰逢時宜地說，「不然你以為人類為什麼會是群居動物？父母為什麼會對孩子掏心掏肺？政府為什麼會用愛國思想洗腦百姓？

「因為所有人都明白，比起拳頭，更厲害的武器就是人的感情。」胡唯突然笑了起來，「說這麼多也沒有用，對於你這樣理性處事的傢伙，明哲保身才是第一要義。你又不是盧凱文那個熱血笨蛋。」

「我只做自己能做的幫助。」陳霖思索了許久，斟酌開口。「因為我不想輕易陷入危險，再也無法翻身。」

胡唯低低哼了一聲，再也沒有和他說話。

一夜到天明。

今天是約定好的最後期限，阿爾法將會接他們回去，一大早起來，大家都有點興奮。

身處這樣的氣氛中，陳霖心中的不安卻越擴越大，漸漸地占領了他的心神。

時間一分一秒過去，太陽從東方升至頭頂，又漸漸向西偏移，直到黑夜再次降臨。

阿爾法沒有出現，他沒有在說好的期限內現身。

周圍一片寂靜，靜得可怕，自從傍晚過後，幽靈們沒再說過一句話。

海濤拍打著海岸，星空璀璨，誰都沒有心思欣賞這幅美景。

還得在這裡待多久？

預期的結局並不是結局，只是一個開始。

陳霖終於確定了一個事實——他們，真的被拋棄在這座海中孤島了。

Chapter 18

大海與沙漠

風吹在臉上，就像刀刮一樣生疼。

放眼望去，視線內是漫天黃沙，在天上飛著舞，在地上打著旋。

這是地球上第二大荒漠，僅次於南極的生命禁區——撒哈拉大沙漠。這片荒漠四處潛藏著危險，即使是做好萬全準備的隊伍，一不小心也會在此送了性命。

沒有人敢輕易探入這個禁區，直到今天，出現了例外。

如果此刻，能從大漠的上空向下俯視，便能看見這片黃沙之中，有一些如同螞蟻般的黑點，藉著月光緩緩移動著。他們頂著風沙前進，卻微不足道到似乎一不留神就會被狂風淹沒在沙海中。

這些黑點，正是唐恪辛帶領的隊伍，這次幽靈試練的另一支小隊。

比起在孤島上與大海親密接觸的陳霖，這組的幽靈整日與黃沙為伍，晝伏夜出，與酷熱極寒相伴。號稱食人之地的撒哈拉沙漠，對幽靈們也毫不留情。

到今天為止，這支滿員八十一人的隊伍，已經減員近三分之一了。那些減少的人數，大多是在行進中被狂沙吞噬，再也不見蹤影。

唐恪辛並未理會那些脫隊的幽靈，淘汰跟不上部隊的不合格者，正是他此次訓練的目的。

那些不幸迷失沙漠的幽靈，或許幾十年後化為累累白骨時，會被哪一支來沙漠探險的研究隊發現吧。

然而沙漠的殘酷不僅是針對低級幽靈，老么身為這一組的助理教官之一，也有些受不了這裡的環境。

傍晚，他們已經負重在四十攝氏度以上的氣溫中連續跋涉近四個小時，如今到了夜裡，氣溫雖然降低，但是依舊無法休息。

唐恪辛絲毫沒有停下來的意思，只是一路向前。黑色的擋風面罩遮擋了他的面容，其他人無從窺探這位A級幽靈的表情。

前進，前進，再前進，這場折磨人的考驗似乎沒有止境，不知會持續到什麼時候。

「還好陳霖不在這支隊伍。」想起某個新晉盟友，老么不禁感嘆。

當時他還惋惜被阿爾法搶先，自己在第一場考驗中忙不上陳霖，現在倒是慶幸起來，幸好陳霖不在這組。

老么堅信，即使陳霖同在這支隊伍裡，唐恪辛也不會對自己的室友放水。彷彿聽到了老么的心聲，走在前方的唐恪辛突然回頭，看了他一眼。

那雙不帶感情的黑眸，愣是把老么看得心臟狂跳起來。任是誰被這位冷血幽靈這樣打量，都不可能不心驚吧？

目光在老么面孔上徘徊了一圈，唐恪辛才慢悠悠地收回視線。至於身後老么有沒有因為這一眼東想西想，他才沒興趣理會。

唐恪辛更關心的，是之前發送出去的訊息，陳霖又沒有及時回覆，這讓他稍微有些不滿。陳霖就像是他地盤裡的所有物，唐恪辛並不喜歡自己的所有物脫出掌控。

被阿爾法搶走帶隊資格就算了，現在竟然連及時聯絡都無法保證。明明已經告誡過一次，卻還是再犯。唐恪辛心底生出了怒火。

幸好在他更生氣之前，陳霖的回覆來了。

「出了一點問題。」

陳霖發訊息。

「我不知道該怎麼處理，想問一下你的建議。」

看見這條訊息，唐恪辛嘴角揚起○．○一度。

「什麼事？」

「阿爾法沒有在約定的時間出現，還有——」

還有，厄運總是一個接著一個到來。

阿爾法沒有準時出現，已經讓隊伍氣氛有些壓抑，而第二天一早，一場突如其來近乎毀滅了一切的海嘯，才是對他們最大的打擊。

自然災害比毀滅性武器更可怕，人類終究無法和自然抗衡，即使幽靈也不可能。之前連續兩週的風平浪靜，讓包括陳霖在內的所有幽靈都放鬆了警惕，他們沒能及時對災難做好準備。

一場海嘯，即使中心點並不在這座孤島，餘波的力量仍舊讓島上變得一片狼藉，沙灘附近的地貌完全天翻地覆，內陸的森林更是一片汪洋，高大的樹木成片成片地倒下。最不幸的是，海嘯來臨的那一晚，陳霖他們駐紮在海邊的一塊坡地上。

這場災難，瞬間讓他們減員八名，所有幽靈都受了傷。他們這支人數本來就最少的隊伍，目前能正常行動的人員都湊不齊十人。

陳霖也在海嘯中受了輕傷，並不嚴重，還能自如行動。然而問題不僅僅是這樣，海嘯之後還有更大的災難等待著他們。

海中孤島的生態系統其實很不穩定，只要一個環節斷裂，整個島上的生態體系都會受到破壞。海嘯帶走的不僅是陳霖隊友的性命，島上森林中的生物也遭了殃。

島上結果的植物幾乎都被連根拔起，可以獵取的食草動物也不見了蹤影，蟄伏於森林深處的猛獸迫於生存，不得不前往海邊捕食。

對倖存的幽靈隊員們而言，這簡直就是致命的打擊。他們一下子成了整座孤島的猛獸的獵物，而他們自己，能夠食用的食物也越來越少。

陳霖現在煩惱的問題就是這個。

大致瞭解事情的經過後，唐恪辛反問他。

「你準備怎麼做？」

「盡力活著。」

簡單的四個字，卻囊括了太多的意涵。

陳霖疲憊抬地起頭，目光在隊友中逡巡，最後落到胡唯身上。胡唯也受了傷，不過比起其他斷手斷腳的傢伙，他幸運太多了。

陳霖看著他，想，還真是被這個傢伙說中了。一旦隊伍出了意外，自己絕對是第一個拋棄他們的。

可是自保有什麼不對嗎？如果在這些幽靈中有許佳，或者是唐恪辛，他可能會帶他們一起離開，但是現在這支隊伍中，並沒有值得他關心的人。

非要說的話，也只有兩個，一個是盧凱文，還有一個是胡唯。對後者陳霖是提防，對前者，他則是有些愧疚。

盧凱文雖說平時有些熱血衝動，說話做事也莽撞，卻是第一個主動對陳霖敞開心扉交談的幽靈。陳霖無法對這個曾經一起出生入死的伙伴見死不救，他打算先私下找盧凱文談一談。

把這個想法告訴唐恪辛後，唐恪辛只是說：「你自己決定吧，我鞭長莫及。」

答案早在預料之內，對於發生在千里之外的海嘯，唐恪辛手再長也管不到這邊來。陳霖嘆了口氣，起身搜索盧凱文的身影。

很快，他就找到了目標。

在一大群傷患中，盧凱文很好找。這個走狗屎運的傢伙在海嘯中竟然一點都沒受傷，果然是上天偏愛傻人嗎？

「盧凱文……」陳霖喊了一聲，盧凱文就自己湊過來抓著他的手。

「來得正好！這邊有人需要你幫忙。」盧凱文急道，「幫我按住傷口，我要幫她止血。」

不由分說，陳霖被他拉著幫忙，甚至連開口的時間都沒有。看著忙得滿頭大汗的盧凱文，陳霖只能無奈嘆息，接過他手裡的衣服碎片，為身前的傷者包紮。

「是妳？」看清傷患的面容後，陳霖吃了一驚，竟然是上次送草藥給他的那個女孩。不過現在，這個女孩滿身髒汙，泥土和鮮血混雜，臉色蒼白，和當時宛若兩人。

聽見陳霖的聲音，她費力地睜開眼看了一下，隨即，露出一個勉強的笑容。

「抱歉，麻煩你了……唔嗯！」痛楚讓女孩不住地抽搐，她現在連說話的力氣都沒有了。

「別動，我幫妳包紮。」陳霖按住她，盡職地處理傷口。怎麼說人家都曾送草藥給他，這一藥之恩，總歸要報答的。

女孩沒有再動，只是艱難地維持著呼吸。

陳霖包紮後抬起頭，發現大半個沙灘上都是斷手斷腳的傷患，為數不多的健全幽靈，都被盧凱文使喚著治療傷患。

這個平時大剌剌的傢伙，此時卻像是隊伍的主幹，所有傷者都自然而然地依賴他。然而陳霖知道，這樣的秩序維持不了多久。

看著四處奔波照顧傷患的盧凱文，陳霖眼神複雜。

這麼一個熱心腸又心軟的傢伙，怎麼會成為地下幽靈的一員呢？

「在看盧凱文？」胡唯不知何時出現，像個真正的幽靈一樣站在陳霖身後，「你剛才是不是有話要對他說？」

陳霖保持沉默，面對這個聰明又抱有敵意的傢伙，少說少錯。

胡唯笑，「即使你不說，我也知道你找他做什麼。你是想要帶他一起走，甩開這些包袱，對吧？我勸你別白費工夫，抓緊時間自己先走吧，那個笨蛋不會答應你的。」

「這不是你能決定的事。」陳霖說。

「哈哈！你這人真有意思，既然決定要自己跑路了，幹嘛非得帶上凱文？難道你還想做偽君子，安慰自己並不是那麼無情無義嗎？」胡唯大笑，聲音卻冷了下來，「和你想的一樣，再過幾個小時，那些還沒回過神來的傢伙們很快就會想明白。他們也會像你一樣，丟下傷患自己逃走，說不定為了活下去，還會做出更惡劣的事情。」

比如搶走傷者們的補給和武器，更有甚者，可能會為了生存而將活人當作儲備糧食，到那時候，這個海岸真的會變成地獄。

除了盧凱文之外，沒有誰那麼天真，等他們明白救治傷患只是無用功後，一場混亂在所難免。

「你要走還是抓緊時間吧。」胡唯說，「否則等會只怕就沒有機會了。」

「那你呢，你為什麼不走？」陳霖緊盯著他，「你不是盧凱文，也能看清形勢，為什麼不先離開？」

「我？」胡唯看著陳霖，掀唇笑了笑，「無論是獨自逃進森林，還是留在這裡，我知道以我的能力都活不到最後。」

陳霖：「所以你在等死？」

胡唯看了他一眼。

「不，我在等待奇蹟。」

面對陳霖見鬼一樣的眼神，胡唯大笑幾聲，走遠。

「至於你，想走就走吧！」

他離開後，盧凱文走了過來。

「你們關係什麼時候這麼好了？」盧凱文疑惑，「阿唯竟然笑得那麼開心。」

陳霖看著離去的胡唯，又看著眼前這個天真的笨蛋，沒好氣道：「誰和他關係好了？我們只是在討論你到底有多笨。」

「——什麼！」

Chapter 19

永恆命題

盧凱文，男，東亞人，時年二十五歲。

在他自己都不知道是怎麼回事的情況下，就到了一個神祕危險的地下世界；在他自己都不知道是怎麼回事的情況下，他竟然被選為這次試練的對象之一；又是在他自己都不知道是怎麼回事的情況下，他很多次死裡逃生，運氣爆表。

傻人有傻福這項真理，在盧凱文身上得到了完美的詮釋。

這個樂天的傢伙似乎也有自知之明，對於這種糊里糊塗卻異常幸運的生活並沒有什麼不滿。畢竟大部分情況下，命運女神雖然喜歡捉弄他，卻還是不捨得把他弄死。

好比這次海嘯，所有幽靈中只有他一個毫髮無傷，這該說是奇蹟嗎？

女神保祐傻瓜！

因此，儘管陳霖稱自己笨到無可救藥，盧凱文義憤了一會，還是接受了。

「智商這玩意兒是天生的，又不是我想提高就能提高。」盧凱文無奈道，「好了，你剛才究竟想找我說什麼？」

陳霖盯著他，注意到他手上的細小傷痕，那都是在幫人處理傷口或者是清理雜物時弄出來的。

「我有些話想要對你說。」

「哦，那就說唄。」

「不適合在這裡，要找一個安靜的地方。」

「有什麼話不能當場說，還要鬼鬼祟祟的？哎，行行行，我跟你去就是了。」

在陳霖犀利眼神的威逼下，盧凱文老老實實地跟著走了。

他們選擇了一處遠離海岸，又不貼近森林的礁石堆。在這裡說話，視野開闊，不用擔心被別人偷聽。

陳霖本來還猶豫該怎麼開口，但是看著盧凱文的傻樣，他覺得自己還是直說比較好，不然這傢伙說不定聽不懂。

「我準備離開。」

「啊？什麼，離、離開？」盧凱文瞪大眼，隨即開心道，「你找到離開島的方法了嗎？兄弟，這麼好的事，你怎麼不早說啊！」

啪——啪——！

承受著盧凱文大力拍打在肩膀上的兩下重擊，陳霖暗嘆一口氣，果然不挑明這傢伙就是聽不懂。

他索性直白道：「我準備離開海岸線，現在這裡的傷患對我來說只是累贅，我不會繼續留在這裡照顧他們。」

看著盧凱文越瞪越大的眼睛，陳霖打開天窗說亮話，也不給自己留一絲餘地。只有這樣他才不會留戀，才不會有退路。

「我的意思是我要拋下你們，一個人逃走。」

有好幾分鐘，誰都沒再說話。

陳霖等著盧凱文的反應，而盧凱文卻靜了好久，半晌，才愣愣開口。

「哦，哦，是這樣啊，人各有志，你也沒必要特地對我說嘛。」搔著後腦勺，盧凱文道：「啊！你是想跟我打聲招呼再走？畢竟你這個人，好像挺有始有終的。」

他的反應實在超出了陳霖的預料。

「你不生氣？」

「我為什麼要生氣？」

「因為我不像你一樣打算照顧他們，而是想要獨自脫身，你不覺得自私？」陳霖問。

「這個……怎麼說好呢？你本來就沒有必須照顧那些人的義務，你不想留下來，我總不能強迫你，是吧？」盧凱文傻笑道，「人總是第一個考慮自己的嘛，你也不過只是想要保全自己而已。」

「但是你留下來了。」陳霖道，「你還在照顧傷患，我卻走了。」

「那是因為我傻啊，你剛才不也說我笨得無藥可救了？」盧凱文說：「可沒辦法，我狠不下心丟下其他人不管。要讓他們就這樣白白在這裡等死，我做不到。就算是貓貓狗狗，也會對牠們有幾分愛憐之心，更何況躺在那兒的是我的同胞呢？」

同胞這個詞，陳霖好久沒聽到了。而且他早就注意到一點，盧凱文幾乎不曾用「幽靈」這個詞來指稱自己或身邊的同伴，他每次說話，還是說——「人」。

這個人，那個人，平時聽起來再正常不過的詞語，在地下世界卻顯得格外刺耳。早就不被允許以人自稱的幽靈之中，卻還有盧凱文這樣的異類，一直默默堅持著自己的底線。

真是個怪胎。

陳霖再次嘆了口氣，看著礁石堆不遠處的沙灘上的幽靈們。

「可是你得知道，就算你這麼好心，也未必會有好結果。心軟的後果，就是很可能被他們拖累，自己也丟了性命。」

「不會那麼慘的。你放心，我運氣很好，老天爺總是站在我這邊。」

看著這個絲毫不把自己的勸告當一回事的傢伙，陳霖怒了。

「運氣好能當飯吃？你那些運氣，一旦遇到別人對你圖謀不軌，能起什麼作用？還是你真以為只靠自己一個人，就可以把這裡所有傷患都治好，然後帶著大家一起逃出孤島？別做夢了！你對別人這麼好心，到時候連自己是怎麼死的都不知道！這世上忘恩負義的傢伙還少嗎？能不能多一點戒心啊你！」

面對陳霖的怒火，盧凱文緘默不語。

看著這個垂頭喪氣，委屈又可憐的傢伙，陳霖嘆氣。

「你剛才不是問我，為什麼我想離開還要告訴你嗎？現在我告訴你原因。我之所以只告訴你一個，是因為，我想帶著你一起走。」陳霖道，「你只要回答我一句話，你來不來？」

「我……陳霖，其實我還是想……」

「來不來？」

「……不。」盧凱文囁嚅道。

意料之中的回答。陳霖閉起眼，深吸一口氣，轉身就走。

「哎，等等！」身後的盧凱文喊住他。

陳霖停下腳步。

「你不帶點吃的走嗎？我這邊還有一些果子，你帶著路上吃吧。」

這個傢伙，這個傢伙！陳霖瞪著他，青筋直冒，一字一句道：「我，不，吃！謝，謝！」

「哦，那路上小心，自己一個人當心點啊。」

陳霖再次轉身，似乎有海沙吹進了眼中，眼睛有些生疼。身後，盧凱文那個笨蛋還是沒走，陳霖知道，他在看著自己的背影。

他想做什麼，是想要目送自己安全地離開嗎？可是這有什麼意義？

老是做一些無聊的事情，所以這傢伙才總是被人當成笨蛋，被人賣了都還要替對方數錢的典型例子！

陳霖不明白，為什麼會有這樣的人存在？這樣掏心掏肺，把自己的一腔熱血送給別人，還無怨無悔的白痴，別說是地下世界了，在隨便哪個地方都是國寶級！

盧凱文這麼做，究竟圖的是什麼呢？還是說他天生下來就腦殘，腦子裡缺了一根筋？

陳霖再次停下腳步，沒有回頭，只是低聲問：「你為了他們做到這個地步，不後悔嗎？」

「那個地步？哪個地步？」盧凱文還是一貫地慢半拍。「其實我也沒做什麼啊，只是想通了一些事。」

「一些事？」

「是啊，以前我沒事的時候，總是喜歡亂想。我想人是什麼，從哪裡來的？

為什麼同樣是樹上走下來的物種，人類能發展到現在這個地步，黑猩猩卻被我們觀賞研究？」

果然夠能瞎想的。

「後來有一天，我終於想通了！你明白嗎，陳霖，我覺得人類能走到現在這個地步，真的很了不起，簡直太偉大了！」

這傢伙是在布道嗎，哪個精神病院跑出來的？

「別的生物照顧幼兒，頂多只有一兩年，而我們父母卻要照顧我們十幾二十年，掏心掏肺，甚至一輩子都只為孩子活著！他們圖什麼呢，難道只是希望老了後有孩子照顧自己？可也不對啊，有些時候還沒等孩子長大，父母就去世了；有些時候孩子長大了，父母還是整天為他們操心。你問我後不後悔？我不後悔，我真慶幸自己投胎成了一個人。

「陳霖，你知道人類的淚腺為什麼這麼發達嗎？因為我們控制不住自己的感情，有時看見陌生人受苦，眼裡就要落下淚來。明明是不認識的人，卻為對方擔心流淚，明明與自己毫不相干，卻為別人的遭遇心痛難過。難道人類不是很神奇的生物嗎？」

盧凱文臉上大放異彩：「所以我就想，作為一個人，我最起碼也要保持在平均水準啊。人活著是為了什麼？財富？權力？不錯，這樣活得也夠精彩了。可我總覺得，總得多做些什麼，再多做些什麼，才像是活著的真正該有的樣子。」

陳霖喉頭乾澀：「你這樣，不累嗎？」

「累啊！有時候也會怪自己幹嘛多管閒事，不過，也常常覺得值得。」盧凱文簡單道，「像今天，你能在臨走之前想到我，就這一點，我就覺得什麼都值了，活得也值了。」

人究竟怎樣才算活著，這是陳霖一直想要探究的問題。沒想到，現在竟然在盧凱文這裡聽見了一個答案。

明明這個世界上幾乎找不到比他還白痴的傢伙了，卻也是這個傢伙，給出了一個屬於他自己的答案。

人，為什麼活著，為了什麼活著？也許這是個永遠沒有完美答案的問題，但陳霖一直想要找到屬於自己的回答，沒想到在此之前，他先聽見了盧凱文的回答。

這個總是犯傻的笨蛋，對他而言，活著不是苟延殘喘，活著不是苟且偷生，而是擁有作為人類的感情，才叫做活著。因為擁有憐憫，因為同情，因為相愛，才叫做人。

到地下世界久了，陳霖幾乎快忘記什麼是身為人的情感了。越過盧凱文，陳霖看著他身後的那片森林。

不知多少萬年以前，人類也是從一片密林中走出，漸漸演化成現在這個模樣。他們勾心鬥角，爾虞我詐，但是從誕生以來，始終都是群居動物。

可是留在這裡，陪著這群老弱病殘，就能生存下去嗎？

沒有誰，可以永遠獨自一人。

陳霖突然想起胡唯說過的那些話，他盯著盧凱文，直到對方離開，還在久久出神。

遠處，胡唯看著兩人交談，看著盧凱文離開，又看著陳霖獨自一人發呆，須臾，他收回視線，望著眼前平靜卻暗藏噬人力量的大海，感嘆。

「奇蹟啊。」

正因為有人能夠做得到，所以才叫做奇蹟，而不是幻想。

第二天，盧凱文值班起床為病人燒熱水，撿拾柴火時，頭頂投下一道陰影。

他抬頭，詫異道：「你，你怎麼——」

那人望著他。

「我留下來了。一起活下去吧。」

——《死而復生02》完

Side story

選擇

「凱文！」

走在路上，突然被勾住肩膀，盧凱文回頭，看到一張既熟悉又有些陌生的臉。

「身邊有沒有錢啊，借兄弟我急用！」男生勾著他的脖子，一臉哥倆好的笑容道，「就借兩天，應個急，等我手頭寬鬆了，連前幾次借的一起還給你。」

盧凱文：「我身上只有一千。」

「那就一千！」男生不耐煩地伸出手，「我到時候會還你的，反正你這個月打工的薪水快發了嘛，先借我用用也沒什麼。」

盧凱文看著對方剛染過的亞麻色短髮，還有耳朵上的新耳釘，猶豫道：「你先說說你要借錢幹嘛？上回借你的錢，你不是說給你妹妹治病去了嗎？」

男生注意到他的目光，不悅道：「不借就算了！你以為我願意欠你啊！」說完，惱羞成怒地走了。

盧凱文握著口袋裡的錢，不知所措地站著，和他同行的好友走上前來拍了拍他的肩膀。

「別理他，凱文。那傢伙就知道借別人的錢去浪費，也只有你願意理他了！」

盧凱文回頭看向好友：「可是他上次說，是借醫藥費幫他妹妹治病。」

「你信？」好友不屑道，「看他那模樣，每天揮金如土，像是會借錢看病的人嗎？只有你這個爛好人才會被他騙！我說你別再借錢給他，他哪次還過你了？」

好友一邊推著盧凱文往前走，一邊抱怨道：「你這個愛心氾濫的毛病，什麼時候才能改一改！看到路上的乞丐你要捐錢，看到有聾啞人求愛心你要捐錢，你哪知道人家是真聾還是裝聾作啞啊？我告訴你，盧凱文，那些在街上乞討的人，他們都是騙子，私底下日子過得比你我還舒坦呢！他們都是職業的，專門騙你這種好心人。」

盧凱文：「萬一有人真的生活困難呢？」

「那種事政府去煩惱就好，輪不到我們。」

「萬一……」

「別萬一了，先過好自己的日子行嗎？」

盧凱文，國立中央大學大四學生，明年即將畢業成為人數龐大的待業大學畢業生其中一員。

作為一個性格開朗、樂於助人的年輕人，盧凱文在學校十分有人緣，到處都能結交朋友。

而同樣因為人緣太好，許多人來找他幫忙時，盧凱文通常都不會拒絕，這給他自己帶來了不少麻煩。

請求他幫忙上課點名，幫忙去圖書館占位還是小事，像之前那個男生一樣來借錢的也不在少數。

在親近的朋友看來，盧凱文不會拒絕別人的性格是種負擔，他本人卻樂此不疲。

「你究竟是哪個年代的聖人啊，凱文，你難道不會累嗎？」朋友吐槽他。

「還好吧。」盧凱文說，「做些力所能及的事，幫一幫別人，我覺得挺開心的。」

朋友無奈地看著他，覺得他這種過於熱情和無私的精神，其實也是沒得治了。

就在某一天，盧凱文因為自己的好心幫忙，惹來了一件大麻煩。

「這次活動的贊助商是你拉的？」

當學生會的人找上門來，他還沒有明白，究竟是出了什麼問題。

「盧凱文？你和贊助商談的條件，有經過學校批准嗎？簽訂合約時，你有得到我們學生會的允許嗎？現在人家要求我們照合約走，不履行就得解約賠錢，這筆錢你要出嗎？」

學生會的會長大人一找上門來，就是一通臭罵，直到他口水都噴到臉上了，盧凱文才明白過來是怎麼回事。

原來是一個月前，他幫一名學生會的朋友介紹的贊助出了問題。

當時學校要舉辦演出活動，那位朋友苦於無法拉到贊助，陷人煩惱中。正好盧凱文有人脈，幫朋友介紹了一位贊助商，後續的事他就沒有再參與了。

沒想到現在這個贊助合約出了問題，責任卻被推到了盧凱文頭上。

盧凱文的視線越過還在破口大罵的學生會會長，投向後方的一個女孩。

那女孩眼神閃爍，不敢看他。只是視線偶爾對視時，她眼中的哀求與懇切，已經足夠讓盧凱文明白是怎麼回事了。

第一次與贊助商合作的女孩，一定是在合約上有所疏漏出了問題，她不敢承擔責任，就將責任推到盧凱文身上。

畢竟有不少人知道，盧凱文在拉贊助時幫了忙。

「我說你以為你是誰啊？」

學生會會長還在罵，「你又不是我們學生會的人，麻煩這些閒事你少管好嗎！你以為地球缺了你就不轉了啊，到處都要參一腳！盧凱文，這次惹出來的麻煩，我看你怎麼解決。」

旁邊的人見盧凱文臉色鐵青，連忙出來相勸。

「好了，會長，凱文也不是故意的，只是疏漏嘛。」

「對啊，誰沒有犯錯的時候？人家盧凱文也是好心啊。」

盧凱文站在原地，從頭到尾沒說一句話。

好不容易學生會會長罵夠了，臨走前狠狠瞪了他一眼，道：「有多大能耐做多大的事。盧凱文，你好歹也快畢業了，睜眼瞧瞧自己，別一天到晚給自己找事，也不看看你有那個能耐沒有！」

圍觀人群漸漸散去，盧凱文站在原地，看著那個女孩跟著學生會的人離開。從頭到尾，她沒有站出來說明真相，也沒有為他說一句話。

直到手腳被寒風吹得冷了，他才往宿舍走去。只是進宿舍前，他聽到裡面室友說話的聲音。

「今天這件事，我看凱文自己也有原因。他一天到晚做老好人，這下好了，出事了吧。」

「好了，好了，你也少說幾句。」

「我就是看不慣他那副聖人樣。我們不願意做的事，他老是搶著去做，顯得我們沒能力又冷血一樣！就他最了不起！」

就他最了不起！

這句話在盧凱文耳邊轟隆炸響，他放下準備推門的手，轉身走出宿舍。

天已經黑了，盧凱文漫無目的地走著，不知不覺，就走到了學校後面的小巷。這裡龍蛇混雜，平時有不少混混聚集，是個是非之地。

盧凱文抬頭皺了皺眉，準備離開。

「臭小子！」

身後突然傳來一陣喝罵踢打聲。

「讓你今天之前還錢的，錢呢？」

「哥，冬哥！我實在沒有錢，再等一天，就一天！」一個耳熟的聲音哀求道。

「還不出錢？好啊，拿你的器官去抵，一顆腎抵十萬，兩顆都摘了，我們就錢貨兩清怎麼樣？」

「不！求求你們……不要！」

盧凱文往前走了兩步，哀求和踢打聲逐漸遠離，卻始終纏繞在他心頭，揮之不去。他告誡自己，不要再招惹閒事了，還沒學夠教訓嘛！

「求求你們，不要摘我的腎！我還要照顧我妹妹，我還要為她治病存錢！」

嘖！

盧凱文一咬牙，轉身在路邊抄起一根鐵棍。

「放開他！」

衝進小巷，她果然看見早上借錢的同學，正被幾個粗壯的混混壓在地上痛打。

「你們再亂來，我就報警了！」

因為他的突然闖入，現場安靜了幾秒。

片刻，一個染綠色頭髮的小混混嗤笑道：「哪來這種見義勇為的傻瓜？」他踢了踢腳下的人，「喂，這人是來救你的，你認識他嗎？」

被揍得鼻青臉腫的同學抬起頭來，盧凱文的目光與他對上，一瞬間，他被那雙眼睛裡的恨意和怨恨嚇了一跳。

「就是他！」盧凱文的同學說，「我本來有錢可以還你們的，都是因為他！他身上有錢！你們去找他，他肯定有錢！」

那個瞬間，盧凱文說不清楚自己的心情是什麼，如果人的心能在瞬間冷徹如冰，大概就是這種感覺吧。

那些小混混圍過來時，盧凱文看見他的同學抽空跑了，頭也不回。

他被人按在地上揍的時候，他被人抓著頭髮往牆上撞的時候，盧凱文突然想不明白了，他是在做什麼呢？

如果這就是做好人的代價，他為什麼要執著做一個好人呢？

疼痛到了一個級別，身體也就麻木了。後來無論那些人再怎麼揍，盧凱文都沒有反應，看見他這模樣，那些小混混也有些慌了。

「不會出人命了吧？」

「呸，不就一條人命嗎，能值幾個錢？」領頭的老大說，「找個荒山野嶺把人埋了，誰還能抓住我們不成？」

幾個人開始抬動盧凱文癱軟如泥的身體。

眼前是昏暗的霓虹燈，視線裡黏稠的紅色光線時隱時現。

盧凱文想，難道這就是自己在世上，看到的最後光明嗎？

死在一個滿是汙泥的小巷裡，簡直比地獄還可怕。

之後的事，他記得有些模糊了。

那些小混混似乎是遭到了襲擊，發出驚恐絕望的叫喊聲，然後突然之間，四周變得格外寂靜。

他感覺到有人一步步走近，若有興致地看著自己。

他聽到一個聲音在頭頂響起。

「喂，你要不要去地獄看一看？」

再次睜眼的時候，盧凱文已經在地下世界，成為了一個幽靈。

這裡和他之前待過的任何團體都不同，這裡的人漠不關心，互不打擾才是他們的日常。

隨時有人加入，隨時有人死去，他們甚至不把自己當人，而是自稱為沒有感情、沒有靈魂的幽靈。

出乎意料的是，盧凱文沒有花太多時間就適應了這裡。

原來放棄做一個好人，是這麼簡單的事；原來放縱他人走向死亡，也沒有那麼困難。盧凱文放棄了原來的生活方式，因為要在地獄生存，就不能做一個好人。

不可否認的是，他活得更輕鬆，也更自由了。

再也沒有那麼多責任，再也沒有那麼多束縛，他可以自私自利，完全只為自己活著。

然而，他的靈魂卻像是空缺了一大塊，乾渴得要命。

不，他已經是幽靈了，哪來這些感受呢？

他只是一個傀儡而已。

直到某次在廣場上集會時，遇見了那個人。

B級諂媚做作的表情，讓盧凱文忍不住吐槽了一句，他還沒來得及後悔，就聽到旁邊有人輕笑了一聲。

盧凱文以為那個人是在嘲笑自己，有些尷尬，有些惱火，更多的是自卑與害怕，然而出乎意料的是，他轉過身，看見的是一抹善意的笑容。

盧凱文認得這個人。

他曾經在任務大廳見過他和跟在他身邊的女孩幾次。那個女孩喊他「隊長」，語氣充滿依賴和信任。

想起了曾經的自己，也因此，他幾乎是下意識就挑釁了回去。

「怎麼？想打小報告？」

「沒有。」那個人，陳霖笑著看他，「我只是很贊同你。」

突然有一瞬間，盧凱文乾涸已久的心裡，湧上了一種渴望。在這個封閉的地下世界，幾乎令人絕望的地獄，他第一次湧現了這個想法。

他想要和這個人成為朋友。

陳霖同意了。

與陳霖的交往，讓盧凱文漸漸找回了自己，他開始回到原本的性格，雖然不再那麼多管閒事，但是在幽靈之中，已經顯得十分熱情。

而盧凱文意外地發現，這份熱情，竟然讓自己有了意料之外的收穫。原來這個地下世界，也不像想像中那麼沒有人情味。

同時，隨著更多的接觸，盧凱文也開始瞭解陳霖。他發現，這個青年並沒有他一開始預想得那麼好。

陳霖不像一般幽靈那麼自私，但也不會多管閒事；他有關心的人，但僅限於少數幾個，被他記在心裡的人。

或許說，陳霖的謹慎和自私恰到好處，不會讓人覺得冷漠，也不會讓人過度依賴，從而產生不切實際的幻想。

看著這樣的陳霖，盧凱文想，如果一開始自己就有這樣的處事態度，也許就不會淪落到今天。

很快，他就放棄繼續這麼思考，因為他知道要壓抑自己的天性，比選擇死亡還可怕。他就是見不得有人在面前死去，就是忍不住要去做一個「爛好人」。

在地下世界最初的幾個月，壓抑本性活著的那幾個月，盧凱文覺得自己幾乎已經死了。

沒有感情，沒有靈魂。

還好，現在他又活了過來，他明白了做自己想做的事才是最重要的——不論有沒有回報。或許做好事求人回報，才是奢侈的想法吧，盧凱文苦笑著想。

因此，當陳霖提出想要離開，準備拋棄他們時，盧凱文並不生氣，他覺得這是陳霖的選擇。

可是當以為已經離開的陳霖又返回時，他十分驚訝。

「我留下來了。一起活下去吧。」

聽到這句話的那一刻，盧凱文突然眼眶濕潤。

他幫助別人從來不圖回報，哪怕被人恩將仇報，他也只當是自己運氣不好。可如今，他才知道，原來世界上只要有一個人，即便只有一個，像陳霖這樣會因為自己而選擇留下來，那麼他至今為止所做的一切，都是值得的。

奇蹟因而誕生。

——番外〈選擇〉完

高寶書版集團
gobooks.com.tw

輕世代 FW232

死而復生02

作　　者　YY的劣跡
繪　　者　生鮮P
編　　輯　林紓平
校　　對　林思妤
美術編輯　邱筱婷
排　　版　彭立瑋

發 行 人　朱凱蕾
出　　版　三日月書版股份有限公司
　　　　　Printed in Taiwan
地　　址　臺北市內湖區洲子街88號3樓
網　　址　www.gobooks.com.tw
電　　話　(02) 27992788
電　　郵　readers@gobooks.com.tw（讀者服務部）
　　　　　pr@gobooks.com.tw（公關諮詢部）
傳　　真　出版部　(02) 27990909　行銷部 (02) 27993088
郵政劃撥　50404557
戶　　名　三日月書版股份有限公司
發　　行　英屬維京群島商高寶國際有限公司台灣分公司
　　　　　Global Group Holdings, Ltd.
初版日期　2017年5月
五刷日期　2021年4月

國家圖書館出版品預行編目(CIP)資料

死而復生 / YY的劣跡著.-- 初版. -- 臺北市：三日月書版股份有限公司出版：英屬維京群島高寶國際有限公司臺灣分公司發行, 2017.05-
　面；　公分. --

ISBN 978-986-361-398-5(第2冊：平裝)

857.7　　105024904

三日月書版

三日月書版

GOBOOKS
& SITAK
GROUP©

GOBOOKS
& SITAK
GROUP©